雀頭作品集

破唐案

裴氏手札・卷一：續鶯鶯記

春光正好・歲歲今朝

Hi，我是雀姨，也是雀頤。

是個寫了二十幾年言情小說的小雀阿姨，也是個笑咪咪跨出了言情，開始「染指」不同文體的雀頤。

猶記得小時候在學校圖書館內，剛剛認會了大部分國字的我，就跟劉姥姥進大觀園一樣，滿心忐忑歡喜地從《紅樓夢》看到《兒女英雄傳》，自《天龍八部》看到《衛斯理傳奇》……

也著迷於瓊瑤阿姨小說裡的夢與詩，亦舒阿姨作品中的清冷與眞實，還有陸小鳳的瀟灑，福爾摩斯的睿智……

這麼多了不起的大師，這麼多偉大的作品，開啓了一個漁村小女孩原本單薄狹隘的眼界，也深深滋養蘊育了她對文字的親近熱愛和嚮往，讓她發現，原來大千世界裡有如此浩瀚如星海的萬般美好。

在書中，有俠義熱血，有纏綿婉約，可懸疑驚悚，可澹泊悠遠，或是人間滄桑，或是妙趣橫生，或是玄幻奧祕……

文字是心和靈魂的所思所想，它能遊走在塵世間，能穿越時空古今，可縱橫宇宙流光，讓千里之外素昧平生的人與人，有了投契的緣分，知心共鳴的時刻。

一如作者和讀者與編輯之間的穿針引線、心心相繫，我們都是爲了能看見更好的作品、更好的故事，孜孜不倦地追逐著、貪戀著，就這樣日復一日、年復一年，且歲歲如今朝。

所以我眞的深感榮幸，能夠有機會跨界到不同的文字領域，執筆在我心愛的言情小說之外，還能創作出更多的豐富與可能。

好比「破唐案」的開卷起始。

最早是源自我非常喜歡的美國影集「ＣＳＩ犯罪現場」，藉由推理破案和鑑識科學，在抽絲剝繭的過程中運用科學和人性，破解一切謎團……環環相扣，也環環解扣，令人驚奇且大呼過癮。

所以幾年前，我就嘗試將言情與鑑識辦案結合，寫出了《我的大理寺ＣＳＩ手札》這上下集的作品。

「破唐案」系列則是對於這樣的風格，更進一步地向上追求與攀升。

也緣自我從唐人傳奇小說，我們耳熟能詳的故事裡，看見了大唐盛世紙醉金迷之中的愛和幻滅，繁華之下的紅顏埋骨無數……

那些讓我們心疼的女子和兒郎們，如「崔鶯鶯」、「霍小玉」……甚至「崑崙奴」等等，或許不只是存在於短短的數千文字於一卷中，他們的故事理應有更多發聲、鋪陳的篇幅。

或許，他們的人生不僅僅只有同一個結局。

所以萬分感謝「城邦文化集團春光出版社」，給予了「破唐案」和「雀頤」有展翅恣意翱翔且無限遼闊的天空，也謝謝雀姨在言小的溫暖家園「禾馬文化」，讓我從青澀漸漸茁壯成長；謝謝你們，讓作者們能如同歐陽修詩下春日的花草那般，在華文天地中恣意「千花百卉爭明媚」，美麗盛放，處處詩歌。

更要感謝所有在這條寫作路上一直支持我、陪伴我、照顧我的好人、親人、家人跟貴人，我親愛的愛妃姊妹們、好弟兄們。

謝謝你們，讓我能幸福地在「雀姨」和「雀頤」之間來回雀躍飛舞，努力創作出更多不同的精采故事。

我寫得很開心滿足，希望你們也能看得開心滿意。

深深地愛你們，我所有的老讀者和未來的新讀者，華文世界有你們相挺，真的、真的太好了。

第一章

半月前　蒼洲

懸崖之上，一個朱紅色身影宛若一頭靜靜棲息的鷹隼，倒掛在巨大的石縫之間。

而在懸崖下方，有另一抹冷艷高眺麗色策馬颯爽疾馳而過，彷佛一支鋒利無比、英氣無雙的殺人武器劃過長空，迅如風雷奔向詭譎密布的前方……

就在此時，下方的冷艷女子恍似察覺到了什麼，驀地急急勒馬，神駿馬兒嘶鳴著昂然抬高了前蹄，而後又穩穩地落於黃土大地上。

電光火石間，那懸崖上方的朱紅魅影自高空飛墜而下，猶如鷹唳九天，煞氣騰騰而來！

冷艷女子一怔，隨後迅速窄袖一揚，袖底飆射出了三枚閃電銀光……

那三枚柳葉刀肉眼可見地從朱紅魅影頭頂、頸項和肩頭間擦過，將那朱紅魅影逼退了一霎。

可就這剎那彈指瞬間，朱紅魅影又身形詭異清靈地出現在了冷艷女子馬前，手已牢牢地抓握住了轡繩！

冷艷女子見狀揉了揉眉心，嘆了口氣。「赤鳶阿姊。」

「阿妹。」

「赤鳶阿姊妳回去吧，我要回蒲州銷假當差了，這趟自然也不能帶著妳的。」

朱紅魅影是個同樣美艷絕倫卻表情木然的女子，開口道：「老主子說可以的。」

「阿耶還想派三、五百名卓家軍讓我帶去蒲州隨扈左右呢，他老人家任性，妳也跟著他胡鬧嗎？」冷艷女子有些頭疼。

「他們礙事，我不會。」赤鳶堅持。

「我當然知道阿姊的本領，」冷艷女子也相同堅定。「可我在蒲州幹三、四年了，早已能獨當一面，阿姊只管放心回去。」

赤鳶佇立在原地，依然不走。

冷艷女子心下一軟，半晌後遲疑道：「那我……總該先回蒲州請示過，否則軍令如山，阿姊也不想我違反軍令吧？」

「好。」赤鳶毫無表情的臉上破天荒閃過了一絲喜色，而後身影一閃，又復消失無蹤。

冷艷女子捂著額頭，只覺得頭更疼了……

✦

大雨滂沱……

蒲州三百里外之「山鳥驛」，地處偏遠，人蹤罕至，前來落腳投宿的多半是天南地北奔馳過此地的急報公差。

驛站內前頭大堂和驛舍排列有序，後頭則是一溜兒的飲馬池和馬廄，飼有馬匹三十，供過旅官員和急報差役所用。

「山鳥驛」緊挨著山腳，冬日可藉山勢避風，可這幾日天破了大洞地暴雨狂落，激起的雨霧牢牢籠罩住著這數十座驛舍，濛濛間彷彿像是被吞噬了一般。

驛站入口處，兩名守門的驛兵縮脖縮手，儘管頂上有屋簷遮頭，可衣襬褲腳還是被雨濺溼了大半，冷冰冰溼黏黏在身上分外難受。

驛兵胡大瑟縮了縮，忍不住往後再躲了躲。「這見鬼的天氣，再下下去咱們驛站都要叫淹了。」

「淹不了的，就是整日潮得厲害，」另一名驛兵王海搓了把絡腮鬍，嘆了口氣。「當值前要是能喝上一大碗熱騰騰辛辣薑湯便好了，身子暖和，站崗也不那麼熬人……唉，咱們『山鳥驛』油水也太少了。」

「你這話可別叫驛丞聽見了，哪裡就少了那幾塊老薑？」胡大朝掌心呵了口暖氣，笑道：「大唐國土全境一千六百三十有九所驛站，中有一千二百九十七所陸驛，二百六十所水驛，八十六所水陸兼併，咱們『山鳥驛』是排不上號兒，卻也非末等，還能有二、三十來名兵丁和雜役，三十匹馬……算著是頂頂不錯了。」

「這是缺幾塊老薑的事嗎？」王海哼了聲。「別給老子胡亂扣帽兒，難道我說的有錯？」

胡大換了換站麻的腳，息事寧人地陪笑道：「莫氣莫氣，我倒也不是這個意思……」

「每年朝廷撥給各地驛站養兵養馬的銀子不少，可到了咱們這兒，日日都是清湯胡餅，只有投宿歇腳的急報信差和官員們能吃點葷腥的……」王海怨氣慎重。「至於咱們，嗤！別說羊肉沫兒了，連胡餅上頭的芝麻都少見。」

許是暴雨傾盆，宛如黑幕遮住了這片大地，素來謹小慎微的胡大被勾起了心事，也不自禁嘆了口氣，壓低聲音細細道——

「旁的也就罷了，吃食好歹還能忍一忍，我只擔心一件……兵部規定，驛站內平日非急事不得使用驛馬，可驛丞那小舅子三天兩頭就來借驛馬，說是出去走商做生意……咱們驛馬上頭都烙有『出』字印，萬一給眼尖懂行的人瞧見，驛站上下哪個都跑不了。」

王海神情陰鬱中透著一絲煩躁。「驛丞頂上有人，咱們都在他底下謀生餬口，縱使再有千般不願，還不是只能幫忙瞞著？」

胡大舔了舔有些發乾的唇。「可萬一事跡敗露……」

王海一顫，還是色厲內荏地昂首道：「敗露什麼？咱們這鳥不生蛋的破地兒，驛丞他們不說隻手遮天也差不離了，誰會發現？就是知道了也無人敢往上報……罷了罷了，都是今天這大雨下得人心煩，咱倆都糊塗了，竟多嘴嚼舌這個。」

胡大向來是比王海還要膽小怕事的，見王海都住口不言了，也連忙轉移話題——

「那是那是，天塌下來自有長人頂著，咱白擔什麼心呢？話說回來，你見過昨日那先後入住驛站的兩波人馬沒有？我聽老常說，其中爲首的男子身高腿長，一派俊美風流，兩名護衛也是高大精悍，後來的女郎則是隻身一人，生得冷豔無雙卻面若寒霜……也不知什麼來頭？」

王海沉吟。「聽說那男子持的憑證是門下省發下的銅傳符，女郎則是蒲州發下的劵牒，多的就探聽不出來……只怕也不是我們能探聽得。」

胡大驀然一抖，面色發白。「二郎，該不會是京城來微服私訪的欽差之類，盯上咱們『山鳥驛』了吧？」

王海沒好氣地道：「你當這是唱戲文呢，還微服私訪……不過一、兩匹驛馬，於咱們是天大的禍事，可在上頭那些天人眼裡，也不過是雞毛蒜皮的小事。你這是自己嚇自己，倒嚇出癮來了？」

胡大訕訕然。「我這不是……閒的麼？」

王海正想說什麼，忽然聽見隱約尖叫聲在身後驛舍中隔著雨聲模糊響起——

「殺人了！死人了！」

胡大和王海震驚地對視一眼，想也不想地冒雨往回衝……

✦

他倆一身溼答答趕到聲音來處的灶房前，卻愕然發現門口有兩名眼生的剽悍侍衛守著，在見到兩人驛兵打扮時，依然伸臂將人擋在外。

「且住！」年輕剽悍侍衛冷冷喝住。

「你們是何人？怎會在此？發生什麼事了？」王海又驚又怒。「是誰喊的殺人？」

「玄符，讓他們進來。」裡頭一個低沉慵懶的嗓音響起。

「喏。」

王海皺眉大步往裡走，不忘揪著畏畏縮縮的胡大一起，低斥道：「我等是『山鳥驛』的驛兵，戍衛驛站乃職責所在，硬氣點！」

胡大一臉苦相，他可不管硬氣不硬氣，只想著安安分分職守站崗做這個驛兵，領這份吃不飽卻也餓不死的薪俸，最好什麼事兒都別落到他頭上。

可誰知偏偏驛站裡出了人命……

大雨天白晝如陰，灶房裡頭燃起了數只燈籠和油燈，照得裡間明亮無比，內容情狀一眼清晰可見。

「死人……在水缸裡……」

「天老爺……」

嚇壞了的廚役們面色慘白，捂嘴欲嘔，一個個離得窗邊的大水缸遠遠兒的，像是迫不急待想奪門而逃。

王海聽見缸中有死人，心臟猛地一跳，腳下有些發軟，想也不想駁斥道：「胡說八道什麼？都眼花了吧？好好的水缸中怎會有死人？」

「是眞的，不知泡了多久……嘔……」

灶房當中最爲顯目且淡定無波的，卻是一名高大挺拔、身著玄袍的英俊男人，以及和他只隔三步距離的冷豔胡服女郎。

他們一個俊美健碩，一個美麗英氣，站在一處渾然天成如璧人佳偶，可看舉止和神態，偏偏又是兩個素不相識的陌生人。

王海看著那大水缸，背脊陣陣發寒，爲了壯膽，本能地朝這兩名陌生人呼喝：「——灶房出了人命，不是由人看熱鬧的地方，不相干的還不快速速回房？」

玄袍英俊男人微微挑眉，精緻鳳眼未語先笑，有種說不出的矜貴從容。「你是今日職守的驛兵？叫什麼名字？」

王海一愣，有些著惱。「是我先問的你——」

英俊男人尚未開口，已然彎腰初步檢查起蜷縮在水中的死者的冷豔胡服女郎一瞥而來，淡淡道：「金帶寶相花，蹀躞配七事……他雖未身著緋衣，腰繫銀魚袋，但料想應是當朝四品的大人。」

英俊男人笑了。「女郎好眼力。」

他爲低調出行，腰間所擇的雕鏤寶相花金帶已是最暗紋不起眼的了，蹀躞七事又是最尋常的，連販夫走卒也能得……沒曾想只匆匆幾眼間，她卻能立時窺破其中玄機。

這女郎，當眞不一般。

女郎那句「當朝四品的大人」一出，所有人都驚呆了。

眾人忙單膝跪下行拱手禮。「見過大人。」

「都起。」英俊男人擺手，興致濃厚地來到女郎身邊，看著她小心謹愼地要將死者自水缸中拉抱倒地，自然而然伸手幫了一把。「仔細！」

「有勞。」

死者彷彿胎兒般蜷曲著，幞頭和中衣烏皮靴都溼了，睜眼暴突，面色慘白中隱隱透著赤黑，極爲駭人。

廚役們嚇得拚命往後躲閃，死命捂住嘴，最後還是止不住胃裡翻騰的酸水，一個個奪門而出劇烈狂吐，好半晌才勉強又爬了回來……

兩名驛兵強忍住，可面色難看至極。

女郎目光落在死者面上和屍體各處，微蹙了蹙眉。

「如何？」他察覺到異樣。

「此人不是溺死的。」

「怎麼說？」

「死者雖口鼻內因浸泡於水中而不見流出清血水，然眼開楮突，滿面血蔭赤黑，當是被人用東西壓塞口鼻，致使出氣不得而命絕身亡。」

冷豔女郎這話一出，眾人盡皆變色。

……遭壓塞口鼻窒息而死，那就是有人行兇了？

「可他也不知死在水缸裡多久了，爲何就不是溺斃的？」王海心驚膽戰，無論如何也不願相信他們看管的驛站裡出了殺人兇手！

「若生前溺水而死，當爲口合，眼開閉不定，兩手拳握掙扎，面呈赤色，口鼻有水沫和血沫流出，腹脹拍之有聲。」

女郎老練地從隨身囊袋中取出了一雙羊皮手套和白淨帕子掩住口鼻，輕觸檢查死者頸項、胸口、腹間、手掌間。「蓋因其時未死，人要爭命，氣脈往來嗆入肺腑，畜水入腸……」

英俊男子眸光一閃。「還有呢？」

「若死者是遭人大力摁壓入水缸中，窒息溺亡，除卻有適才所說痕跡外，人在求生本能驅使下，會劇烈掙扎抵抗，手掌、胸腹間也當有摩擦水缸或邊緣時留下的傷痕或瘀青，甚至指甲許會翻翹而起，血肉模糊。」

她自那彷彿取之不盡的囊袋中又掏出一小捲羊皮卷，打開後是十數只精巧打造的器物，擇之，檢查起死者鼻端，喉頭……目光瞥了毫無擦痕或血指印的水缸一眼，道——

「但他十指雖有淺淡瘀痕，卻大致完好，可見被投入水缸前，人就已經死了。」

眾人又驚奇又畏懼地看著這名驗起屍來彷彿喝水那般尋常的冷豔女郎，可這天下哪有女子當仵作的？

英俊男子也問：「妳是仵作？」

「蒲州司法參軍。」冷豔女郎終於抬眼看他，神情冷靜如故。「卑職卓拾娘，參見大人。」

「妳就是卓拾娘？」英俊男子點了點頭，眼中掠過一抹激賞。「我聽說過妳。」

冷豔女郎蹙眉。

英俊男子微笑，細數而來：「卓拾娘，原折衝府都尉卓盛之女，貞觀四年，陰山之戰中以十二歲稚齡與乃父上戰場，隨主帥衛國公李靖夜襲陰山，大破東突厥……六年後破格入職蒲州任司法參軍，三年破七大案，乃當世難得奇女子也。」

眾人面露不敢置信之色，齊齊望向這身段纖細冷豔、英姿煥發的女郎，怎麼也沒想到她竟然就是當年那個叫天下世人驚嘆，花木蘭一般的巾幗英雄。

卓拾娘神色平和，並未有任何驕矜或得意。「卑職是大唐兒女，保家衛國破案緝凶分屬應當，受不起奇女子三字。」

英俊男子眸中欣賞之情更深，笑道：「妳阿耶是出了名的悍勇善戰，乃我大唐赫赫有名的猛將，卓娘子有乃父之風，可謂一門英傑。」

卓拾娘皺了皺眉，被褒獎得有些不自在，立刻又把話題帶往本樁案件。「大人，『山鳥驛』位處蒲州邊陲，由兵部駕部轄理，但出了命案，便歸蒲州刺史府和虞鄉縣縣令所管，卑職會命驛丞速速報請縣令前來，大人請自便。」

聽說卓拾娘素有冷面玉修羅之稱，一見之下，果然如此。

……這是勉強耐著性子擡他呢！

「卓參軍，既是命案，那自然也是刑部的事。」英俊男子眸底笑意一閃而逝，端正神色，自懷中取出銀魚袋一晃爲證。「在下，刑部裴行眞。」

卓拾娘清冷美麗的眼眸終於有了隱約波動。「——裴侍郎？」

「卓參軍也聽過裴某？」

卓拾娘又皺了皺眉，還是恭敬地行拱手禮。「卑職參見裴侍郎，裴侍郎是刑部上官，自然有留下來查案的權責。」

「卑職王海，參見裴侍郎！」

「卑職胡大，參見裴大人！」

「參、參見裴大人……」

眾人連忙紛紛爭相行禮，當眞是作夢都沒想到他們這小小偏僻的「山鳥驛」，居然一下子就來了兩尊大人物，尤其是裴侍郎……

連他們這些小地方的驛兵都聽過，裴氏爲歷朝歷代以來宰相數位居士族之首……眼前這位大人風華絕絕，氣態雍容，一看就知是京城名門貴公子，高高立於雲間山巔之上，是他們這些官吏庶民得罪不起的。

王海想到適才自己口氣那般差，不禁暗暗爲自己捏了把冷汗。

裴行眞擺手。「辦案爲重，你們可有識得這名死者之人？」

幾名廚役吞了口口水，趕緊搖頭。

「小人不認得。」

「這人很面生啊，小人沒見過啊。」

王海看著地上死者面容，彷彿有一絲猶豫。

裴行眞注意到了。「王海，你識得他？」

「回大人的話，」王海遲疑地道：「此人……好像有些眼熟，可卑職一時想不起是幾時見過的了。」

「再好好想想。」

「喏。」

胡大龜縮在一旁，目光有些閃爍。

「胡大，你呢？」

胡大驚跳了起來，結巴道：「卑職……卑職也不記得。」

裴行眞鳳眼深邃而銳利，似笑非笑。「這般巧？都眼熟，也都記不得了？」

就在此時，身材肥胖的中年驛丞羅范匆匆趕至，汗流浹背。「裴大人，聽說後廚出事兒了……」

裴行眞看著羅驛丞。「出了人命，本官要查看驛站這兩個月的劵牒冊。」

舉凡出入驛站投宿者，皆須記錄在冊。

羅驛丞連連稱是。「喏，喏，下官這就命人去取。」

「玄機，你陪同前去。」

兩名年輕剽悍侍衛中，濃眉高鼻輪廓深且瞳眸黑中透藍的那人恭聲領命，而後對著羅驛丞道：「驛丞，請。」

羅驛丞臉色有些緊張。「不必勞煩大人，下官隨意喚人去取來便是……胡大，你跑一趟——」

「噯。」胡大突然被點了名，忙應下。

然而，就在胡大腳步有些著急忙慌往外走的當兒，玄機也悄然無聲地跟了上去。

◆

裴大人麾下的侍衛奉命同去取旁牒冊，可見得是不信任自己……羅驛丞欲言又止，可當著裴行眞的面前又不敢多說什麼。

羅驛丞只能搓著手不安地道：「裴大人，都是下官看管不嚴，才讓外人進了驛站……」

「羅驛丞也沒見過此人？」

羅驛丞慌亂害怕地只敢匆匆瞄了地上死人一眼。「那、那是自然。不瞞裴大人，『山鳥驛』地處偏遠，人手又不夠，往日也有那些個流民或混子摸進來想偷胡餅或糧食，下官還是痛加嚴懲了好幾回才勉強管住了，誰知這幾日大雨連綿，又叫這些人鑽了漏子。」

始終在一旁靜默不語地驗查著屍體的卓拾娘忽然開口：「不是你說的那樣。」

羅驛丞沒想到一個女郎這麼直接就打他的臉子，想發火又不敢，只得梗著脖子問：「那參軍又有何高見？」

卓拾娘對於他的怨氣毫無所覺，一逕平鋪直敘指出：「死者虎口、掌心有繭子，卻非久練兵器而磨出來的，倒像是長時間騎馬勒韁繩留下的痕跡。「另外此人身材健壯，中衣爲綾布所製，熨貼合身，雖面有風霜卻無悽苦溝紋遍布之色，顯是素日豐衣足食，所以，並非你暗指的流民或混子。」

羅驛丞老臉紅了，也只能勉強爲自己開脫。「下官對於刑名案件一竅不通，往常驛站內也不曾發生人命官司，所以這是急昏了頭胡亂說說，卓參軍隨意聽聽便是。」

「事關命案，請驛丞說話前三思，以免誤導案情。」卓拾娘低頭用小鐵杓取出了死者指縫間黃色間雜透白細碎異物，平靜地道。

她語氣坦蕩且不帶半點情緒，羅驛丞卻一口氣卡在腹間上不上下不下，好容易才摸摸鼻子認了，唯唯諾諾應道——

「下官……下官日後當銘記在心。」

裴行眞嘴角微揚，他自然看得出這位卓娘子就事論事，可就是這麼耿介魯直的話，偏堵得老油條驛丞有苦難言。

這些驛丞習慣了見人說人話、見鬼說鬼話，油滑得宛若泥鰍，最是阿諛奉上，可今日卻遇上了卓娘子這般公事公辦一板一眼之人，也是夠嗆的了。

裴行眞對那幾名廚役問道：「是誰先發現死者的？」

幾名廚役你看我我看你，連忙稟道——

「大人，小人們平日準備朝食過後，還是會留一個人看灶火，可今天柴火不夠了，這賊老天……咳，雨又連下了好幾日，小人們便相約去後頭庫房地窖找些舊時堆積的薪柴。」

「然後呢？」

「誰知道好不容易摳摳搜搜了一車回來，口乾正想舀杓清水喝，卻發現缸蓋不見了……低頭一瞧，就、就見到裡頭泡著個……死人——嘔——」

那名瘦小廚役說完再也忍不住，又撲出去外頭劇烈嘔吐了起來。

另一名面目平庸的廚役也是面色青白。「小人……小人是最後一個出灶房的，那時候灶房沒其他人，水缸也蓋得好好兒的，稍早前小人還從裡頭舀了些水入鍋燒開，裡頭確實只有水。」

裴行眞挑眉。「你們是幾時前往地窖搬薪柴？用了多長時辰？除了你們幾人互相爲證外，可還有人見到你們的行蹤？」

廚役們越發慌了，也知道若是沒能交代個清楚，說不定自己也就成了謀害人命的嫌犯之一。

「回大人的話，小人是未時末去地窖的，見這雨下得跟天上倒大水似的，就怕薪柴又被打溼了，便去找來了油氈布和推車，捆了捆薪柴，這麼一拖二拖的，就慢了……後來大堂守門的驛兵羅哥瞧見我們，還來幫襯了一把……」

那名在門口吐了一回，這才勉強又軟著腳步回來的瘦小廚役也補充道：「咳咳咳……是啊，大人，我們……前後也弄了半個時辰左右，回到灶房都申時中了。」

裴行眞沉吟，望向卓拾娘。「卓參軍，妳也是蒲州的仵作，以妳所見，死者估莫死了多久？」

卓拾娘神情嚴肅。「依據死者屍僵和屍斑狀態初步研判，他死亡時間在三個時辰以上，六個時辰以內。」

「不可能！」廚役之一倒抽了口氣。「那時候灶房內都有人在，水缸掀掀開開的，裡頭壓根沒人。」

「卓參軍，妳可否詳細解釋一二？」裴行眞注視著她。

「人死一刻鐘後，體內血液便會因自身重量積墜在底部，若死者是面朝下俯倒而死，屍斑會凝結在胸前，若仰倒而死，則屍斑積淤於背部，」卓拾娘嗓音冷靜解說。「但如在三個時辰內挪動屍體，屍斑則會改變位置……死者側身蜷曲在水缸內，大人請看，屍斑便是在側邊肩臂腰幹和大腿側。

「屍僵一般在半個時辰到一個半時辰內開始出現，起初出現於面部和眼肌，而後逐漸擴散到軀幹的上下肢，六個時辰後，屍僵達到全身。」卓拾娘輕輕摁壓了壓死者身軀和四肢。「死者上下肢僵硬，可身子卻還是軟的，所以卑職據此研判，他應在三個時辰前死亡，卻不超過四、五個時辰。」

「如此，便足以證明此人確實是死後遭移屍至此。」高大挺拔的裴行眞緩緩踱步，檢視四周……

地面上有紛雜錯落的鞋印，或乾或溼，水缸旁也是。

外頭大雨不斷，眾人進進出出，不論兇手是何時將死者移屍投入水缸內的，凌亂的鞋印子早破壞了地面痕跡。

只是照廚役過飯點後只留守一人看灶的往例，兇手今日又如何知道廚役們會一齊前往外頭庫房的地窖取舊日薪柴？

「是誰提議所有人同去取薪柴？」他盯著三名廚役問。

廚役們哆嗦了起來，互相推搪著，最後那名矮小瘦弱的廚役戰戰兢兢承認道：「回大人，是小人。」

「你喚什麼名字？何方人氏？多大年紀？到驛站幾年了？」裴行眞問道：「平常在灶房都做些什麼？」

矮小瘦弱廚役忙答道：「小人名叫薛細，河東道石州永濟縣人，今年二十八，在驛站爲廚役三年了，平時在灶房打打下手和燒火，還有替投宿的大人們和驛兵們送伙食。」

「你們二人呢？」裴行眞望向另外兩名廚役。

當頭身形較肥壯的廚役哈腰道：「回大人，小人是屠大郎，今年三十有六，河東道蒲州齡東縣的，在驛站做庖人掌杓八年了。」

最後是那名身形瘦長相貌平庸，作證自己最後離開灶房的廚役，神色怯怯，如履薄冰地道：「小人吳行易……今年三十整歲，平常都在驛站劈柴打掃挑水什麼的，是前年隨江縣令大人從隴右道調任，來蒲州虞鄉縣……那個，然後被縣令大人安排在驛站做粗活兒的。」

「你本是江縣令家僕？」

「是。」

「爲何未曾隨江縣令到縣衙去？」裴行眞似漫不經意地問。

吳行易緊張地揪皺了衣角，臉色發白有些惶惶。「小人……小人……」

羅驛丞在一旁忙接口道：「回裴大人，這小吳的事兒下官知道，他母親是江縣令的乳母，他與江縣令一同長大，本該和主子親厚，可誰知這個糊塗的在驛站吃醉了酒，竟昏頭調戲了縣令娘子的隨身女婢……」

吳行易面頰蒼白，攢著衣襬縮了縮。

羅驛丞繼續道：「江縣令和娘子勃然大怒，將他痛加懲戒了一番，但見他酒醒後痛哭流涕懺悔萬分，其母又不斷求情，江縣令念在老僕情分上，只得放他一馬，並讓他留在驛站幹活兒，不允他跟隨任上。」

吳行易老底子被掀開，蒼白的臉上有些許悔愧之色，囁嚅道：「小人當時喝得太醉，闖下大禍……不過，小人經過這件事之後，就再也不敢喝酒了。」

裴行眞目光落在吳行易平庸年輕的慘白面容，頓了一頓，而後轉爲望向矮小瘦弱的廚役，「薛細，你如何想起提議三人一同前去取薪柴的？」

「回、回大人的話，小人日前切菜時不小心切到了手，兩位兄弟心腸好，非但沒罵小的笨手笨腳，還讓小的回家歇著，或是在灶間做點輕省的活兒，可是灶房也不過就我們三個廚役，這幾日驛站來的大人多……越發忙得腳打後腦杓，連吳兄弟這不諳庖廚的都得幫著動手揉油酥、烤胡餅了，小的心裡過意不去，見灶間堆的柴火不夠，便自告奮勇去庫房找找，看還有沒有以前堆著沒用到的薪柴……」薛細瑟瑟縮縮地道。

裴行眞目光落在薛細包紮得歪七扭八的左手上。「可以看看你的傷嗎？」

啊。」

薛細不明所以，囁嚅道：「當、當然……小人沒有說謊，小人也沒那個狗膽子

裴行眞修長漂亮的大手輕柔仔細地拆開了那包傷口的細布，見上頭確實是菜刀傷著的口子，塗的還不是金創藥，而是鄉野間搗碎了敷上後，可治刀傷出血的硃砂草。

見那傷口不復紅腫翻捲，隱隱有癒合之象……

「你這傷有五、六日了？」裴行眞又親自包紮妥當。

薛細怎麼也沒想到一個這麼大的官兒會親手幫自己包傷口，受寵若驚之餘，感動得嗓音都顫抖了——

「多、多謝大人，謝大人……對、對，是五日前傷的沒錯，大人您眞厲害。」

裴行眞一笑。「不過是見得多了，你接著說。」

薛細見他眉眼溫和，總算膽子也壯了些，大了點聲。「回大人，小人找著了薪柴，只是手還傷著，又、又不壯實，怕搬運過程中又教雨水打溼了柴火，誤了灶下

的事兒，所以便跑回來拜託屠大哥和吳老弟跟小人一起去搬。」

「難道平日你們都是等柴火將盡才去搬柴？」

驛站每日供應數十人和馬匹飯食飲用燒水盥洗，尤其越近深秋寒冷，柴火需求量遠比春夏之時多上十倍，按理來說，早早就會儲備下大量的薪柴。

地處僻野的「山鳥驛」，偌大一個灶房，怎會只餘一日用度？還需得去庫房地窖尋舊日的柴火？

裴行眞語氣從容，卻瞬息戳中了其中不合理處，似是質疑。

「不，不是……」薛細又開始膽怯慌張了起來，求助地看了屠大郎一眼。

屠大郎趕忙道：「回大人，灶房旁邊原來有間柴房在的，就隔了一堵牆，往日小吳從專門運送柴火的販子手上交割後，都是把柴火全堆進裡頭的，可作夢也沒想到，三日前這柴房好端端的卻走水了，裡頭柴火全他娘的一把叫燒光了，柴房也塌了大半，唉，這都叫些什麼事兒啊？」

「是啊大人，」吳行易也急忙忙澄清道：「眞眞是事發突然，小人們也措手不及啊。」

「走水？」裴行眞瞥向羅驛丞。「可報了官？查過走水的原因了？」

羅驛丞暗罵幾個廚役多嘴饒舌，簡直把驛站底兒都兜掉了……

可裴侍郎既然追究起來，他也不能再打迷糊仗，只得趕著申辯道：「裴大人，深秋天乾物燥，柴房堆的都是枯透了的薪柴，偏又和灶房只隔著道牆，略有不慎走水也屬尋常，下官狠狠地責罵過灶房廚役們了，往後務必要越發小心謹愼才行。」

裴行眞深邃鳳眸若有所思。「三日前柴房走水？本官昨日到的驛站，一路行來雨也下了三日至今未停，是什麼樣的大火才能在如此雨勢下焚了一屋子薪柴又毀了大半屋舍？你們就不覺得奇怪？」

羅驛丞被問得張口結舌，好半天說不出話來。「這……這一貫是水火無情，又哪裡是人料想得到的？」

裴行眞笑容裡有幾分嘲諷。「依本官看來，走水的緣故，除了天降雷火外，也就只有遭人潑油故意縱火了。」

——有人故意縱火？那這事兒就大了！

眾人臉色越發惶恐難看。

「大人，下官當眞不知。」羅驛丞心下亂糟糟，只想著繼續爲自己開脫。「下官那時恰好送文書回縣衙，回來的時候已見庫房燒得一塌糊塗，想著幸好沒傷著人命，就命他們好好整理一番……」

「嗤！」裴行眞冷冷一笑，意味悠長。「羅驛丞，當眞好巧。」

羅驛丞冷汗溼透衣裳，撲通一聲忙跪了下來。「下官糊塗！下官知罪！日後定當好好管束驛站庶務，決不敢再大意了。」

「你驛站庶務有失，究責之事自有縣衙和駕部，」裴行眞眼神凌厲。「可本官爲刑部侍郎，此樁命案，兇手和一應涉案者，本官決不放過。」

羅驛丞、王海和廚役們膽顫心寒，紛紛不安地瑟縮著脖頸，下意識挪了挪身子。

「那其他人救火之時，就沒發現柴房走水時有何異狀？」裴行眞盯著眾人。

「當日是哪些人撲滅的火？」

「回大人，小人們和幾個驛兵那天都幫忙滅火了，臉都燻黑了，可眞的沒發現什麼異狀。」

王海也是其中之一，硬著頭皮道：「大人，那時火燒得又急又快，連大雨都澆不熄，我們忙著撲救，還要仔細提防那火別延燒到旁的屋舍……確實是顧不上注意旁的。」

裴行眞對此不置可否，只是大手輕揚，對玄符做了個手勢。

玄符立時躬身領命，身形敏捷迅速地移步至隔壁燒得半毀的柴房查看。

眾人忐忑地等著，你看我我看你，眼中俱有驚惶……

半晌後，玄符回來，手中取來一截燒得漆黑的柴炭，湊近了聞，猶隱隱有刺鼻的油耗味。

「那日大火是否黑煙格外濃厚嗆人？」裴行眞接過那截柴炭，問眾人。

廚役們還在回想，王海終究是受過訓練的驛兵，很快便反應過來。「是！那黑煙大股大股直衝天際，氣味難聞至極。」

「嗯。」裴行眞低沉道：「柴房想必是被人潑了大量的桐油，稍點即燃，繼而一發不可收拾。」

眾人面色更驚慌害怕了，大氣也不敢喘一聲兒，就怕自己下一瞬就被指爲縱火疑犯。

裴行眞已經懶得問羅驛丞，驛站何處儲存有桐油，桐油是否有缺少，平日都由誰人看守，誰最有可能監守自盜抑或在驛兵眼皮子底下偷走桐油？

這「山鳥驛」錯漏處簡直和篩子沒兩樣，若認眞要追究起來，羅驛丞當場被捆起來丟進縣衙大牢裡都是輕的。

只不過，眼下他也沒打算打草驚蛇，故而只是淡淡然道：「大雨封路，驛站前後有驛兵看守，死者於三個時辰前身亡，料想兇手仍在驛站內，然無論是誰下的手，跑是跑不了的。」

「兇、兇手還在驛站？」羅驛丞聞言大驚。

王海和廚役們也相顧駭然失色。

氣氛一時僵滯得格外詭異……

「只不知縱火的和殺人的，究竟是各分兩案，還是本屬同案了。」裴行眞優雅雍容地負手在後，鳳眸深沉，慢悠悠地將他們一個個上下打量了個遍。

眾人不管心虛不心虛的，均是兩股顫顫……

卓拾娘邊聽著裴行眞查問，邊仔細地看著這口放置在窗邊的大水缸，一頭是緊閉嚴實的窗櫺，另一頭正對著灶臺口。

她到窗櫺邊細看，沒有任何推開過的痕跡。

死者所著中衣溼漉漉，一雙烏皮短靴也被泡得微微虛浮褶皺……

「咦？」她目光緊盯著那雙烏皮短靴，總覺得有一絲不對勁。

「有何發現？」裴行眞在她身邊單膝蹲下，高大身形籠罩著，因爲挨得近，卓拾娘隱隱可嗅聞得見他身上淡淡然雋永沁人的龍腦香……

她有些不自在地蹙眉，卻依然從容鎮定地指向那烏皮短靴。「經水後烏皮靴會縮，可在死者腳上卻仍稍嫌大了些。」

裴行眞心念一動。「妳的意思是，死者的鞋履是被兇手替換了的？」

「應當無誤。」她伸一指入死者腳後跟和烏皮靴之間。「比之還略大了快兩指……可兇手爲什麼要費事爲死者換鞋？」

「難道是死者原本的鞋履和尋常不同，容易洩漏身分？亦或是鞋子留有什麼痕跡是兇手不想叫人發現的？」裴行眞思慮敏捷。「——有沒有可能兇手爲著不知名原因，不得不與死者交換鞋履？」

卓拾娘眼睛亮了起來。「可查！」

「羅驛丞，」裴行眞驀然起身，命令道：「速召驛站所有人到大堂集合。」

「喏，喏。」羅驛丞趕緊對王海使眼色。「還不快去！」

王海只得又冒雨出去了，恰好和取了劵牒冊的玄機等人擦肩而過。

跟在後頭的胡大還是那副畏縮樣兒，臉上苦相越發明顯。

管劵牒冊文書的常姓小吏在驛站多年，正想在外人面前耍耍官威，可沒想到那位玄機大人手中長刀一出，眨眼間就斷了常姓小吏的腰帶……

此番是明晃晃的威脅——只要他想，揮刀腰斬也是瞬息之間。

那常姓小吏嚇得差點口吐白沫厥了過去，還是胡大哆哆嗦嗦地強撐著扶住常姓小吏，還幫忙求情了兩句……否則只怕當眞就要見血了。

這深眸高鼻，看著像胡人的年輕護衛，簡直就跟個活閻羅沒兩樣。

「大人，劵牒冊在此。」玄機恭謹奉上。

裴行眞接過翻閱起，鳳眸專注。

九月霜降，投宿「山鳥驛」者除了他和玄機玄符及卓拾娘外，僅有區區三人。

一名是十七日前經過此處的信差兵魏騰，歇半個時辰，換乘驛站馬便急馳前往劍南道報軍信。

再有兩名持有河北道節度使開出的條子爲憑證，是十五日前在驛站投宿兩日休整，乃節度使麾下，爲其千里送家書的。

「『山鳥驛』整整九月，投宿歇腳的只有這幾個人？」他闔上了單薄空蕩得可憐的劵牒冊。

「下官不敢欺瞞大人，確實就只有這樣。」羅驛丞只差沒指天畫地立誓了。「驛站官方文書何等重要，下官這顆腦袋還想留著哩！」

裴行眞意味深長地看了他一眼。

羅驛丞只覺後頸寒毛直豎，莫名心虛地低下了頭，囁嚅著直道不敢。

卓拾娘像是想說什麼，然顧慮裴行眞刑部侍郎的上官身分，還是默然不語。

裴行眞起身，目光犀利地環顧四周偌大灶房，上頭是一架架櫃子，擺放著鍋碗瓢盆，還有瓜果菜蔬跟臘肉禽鵝等物。

角落是堆放薪柴的地方，如廚役們方才供詞所述，柴薪確實已經短少到不足一日可用。

「灶房內可也有地窖？」

廚役們面露茫然。「應當沒有。」

「小人們不知。」

裴行眞負手，又喚：「玄符！」

「喏。」玄符奉命，很快老練有素地用刀柄一一輕敲起櫃子、地面、牆面各處……

羅驛丞再也忍不住了。「裴大人，您的意思是，這死者是被人藏在灶房地窖內殺害再拖出來棄屍缸中的？這怎麼可能？下官在『山鳥驛』有十年了，就沒聽過灶房裡挖有地窖。」

「若確認灶房無地窖，自然可排除這個可能。」他瞥了一眼羅驛丞，對卓拾娘道：「死者屍首上可否再驗查出更多線索？」

「裴大人如若准允卑職剖屍相驗的話。」卓拾娘陡然眉宇飛揚。

「好，剖！」

羅驛丞一急。「且慢，兩位大人是要剖屍？」

那、那可是死人哪，都死了還要開膛破肚沒能留個全屍，萬一生了怨氣成了厲鬼……

羅驛丞眼前陣陣發黑。

——這都是些什麼事兒啊！

只恨自己沒先翻翻老黃曆，今日竟衝撞了這兩尊大殺神，這下子裝死也不是，告病告假也不是。

「羅驛丞有意見？」裴行眞優雅信步走到他跟前，居高臨下注視著羅驛丞，饒有興味。

羅驛丞猛搖頭，半晌後才氣虛地道：「大人……下官，下官也得留下來看卓參軍驗屍嗎？」

「驗屍一事自然是全權交給卓參軍，我們到大堂去。」裴行眞回頭對卓拾娘一笑，眸光燦燦如驕陽似星辰。「可需留人手協助參軍？」

卓拾娘那句「不必」正要脫口而出，又顧慮到此處畢竟不是蒲州州衙，裴行眞終究是此案主官……遲疑了一瞬，保守地道：「如大人想的話，可留一名侍衛幫著卑職填驗屍格，也佐個證。」

「好，便依妳。」裴行眞鳳眸彎彎，隱隱有桃花綻放之艷。

京城無數女子多想博得裴六郎一笑傾城而不得……

可裴六郎此刻卻是俏媚眼做給了瞎子看，卓拾娘早已低頭興奮地捲袖磨刀霍霍起來。

好似地上那具屍首遠比他裴六郎還要吸引人。

裴行眞嘴角微微一抽，心底滋味複雜，暗暗摸了摸高挺的鼻梁……莫不是這一路奔波，他略顯容色憔悴了？

第二章

半個時辰後，卓拾娘為死者驗屍結果出來了。

死者果然死於口鼻重壓窒息而死，鼻腔內有一、兩絲褐色痲絲，氣管胸肺沒有積水，反而喉管間呈現點狀瘢痕，肺部亦有腫脹和壓縮後的出血痕跡，肚腹中除了胃液外，只有腸道內有少數茶水和軟爛如糜的肉食，用手搓研之，當屬羊肉之類。

依胃中食物消化的程度看來，死者是在四、五個時辰前用過最後一頓飯。

……且死者肛門突出，浸溼的衣褲中有便溺污壞之漬，雖然泡在水缸中卻也消除不去。

驗屍格上寫得明明白白，包含死者手掌有著握韁繩長年磨出的繭子，指縫間的黃色及剔透細碎白物等等。

「——且死者身長六尺，年約五十，體態健壯，手掌有繭，雙腿微有羅圈，是時常騎馬奔波之人，拇指間有淡淡泛白印子，顯然戴有粗寬指環卻不翼而飛。」卓拾娘眉宇如畫，神色清冷嚴肅稟道。

裴行眞看著驗屍格。「褐色痲絲……黑褐痲布爲坊間百姓尋常之用，捂緊死者口鼻致亡的，有可能是驛站內以黑褐痲布做成的衣衫或物什？」

「是，」卓拾娘頷首。「最有可能是衣衫、被褥、軟枕或包袱等物。」

「再查！」裴行眞望向玄機，沉聲下令。

「喏！」玄機拱手奉命而出。

方才驛站裡裡外外數十名驛兵和廚役雜役經查後，確實有幾人能套得上死者那雙不合腳的烏皮短靴。

但這幾人卻均有不在場證明：因爲大雨沖斷了過河的橋，他們清晨就冒雨去修橋，一個時辰才整隊回到驛站。

且這幾名驛兵也無人遺失烏皮靴。

灶房方面亦未曾傳來好消息，玄符是機關好手，把灶房和隔壁燒毀大半的柴房通通摸了幾遍，確定未有任何暗室隔牆和地窨。

一切「彷彿」又回到了命案謎團的初始。

裴行眞沒有氣餒。

從三日前柴房遭人縱火起，至死者被重壓口鼻窒息到僅著中衣和不合腳的烏皮靴……棄屍水缸，身上能證明身分的物事又消失無蹤，可見得此案非一時興起或情急之下殺人，而是早有預謀。

他在刑部經手案件不計其數，當中不乏多年未決懸案……而耐性和偵查手段缺一不可，自然也不會因案子未能第一時間順藤摸瓜找出兇手，抑或搜出實證，便因此心煩意亂或魯莽行事。

玄機領著其中未有涉案嫌疑的幾名驛兵，一一搜查所有人的住所，並命三名廚役，王海和胡大及剩餘驛兵等暫且留在後院廂房內，即便下職也不得離開驛站，否則視同疑犯嚴審。

裴行眞也摘下自己魚符，命自己隨身車夫前往縣衙通知江縣令速來驛站，傳有命案發生。

至於羅驛丞，就好好在他眼皮子底下杵著……

畢竟驛站庫房走水和命案，羅驛丞都有不可推卸之責，嫌疑也不比旁人的輕。

裴行眞親自磨墨持筆，聚精會神地繪下死者肖像，好發下文書通令張貼四方城鎭、待人指認。

「死者只餘一身中衣，他的行囊和身分文牒與過所都不見，」卓拾娘蹙眉。「大雨連下三日，此人能悄無聲息出現在驛站，死在驛站，這驛站內的人嫌疑都是最大。」

「是，」裴行眞鳳眸閃過贊同。「驛站前後門晝夜十二時辰都有驛兵看守，此人想進驛站，若非光明正大走進來，就是有人悄悄引他入內，也許這已經不是頭一次了，否則王海和胡大不會說對此人有些眼熟……但此人行蹤又極爲隱蔽低調，讓驛站的人縱使偶然看見過他，也不會起疑心。」

「會是日常送菜肉柴火的販子嗎？」卓拾娘問。

他微微頷首。「方才我已命玄符去查了，相信很快就有回音。」

她有些詫異地看著他。

「怎麼？」他略揚唇，自有一抹風流蘊藉，越顯氣度高華。「覺得本官不像是憑世家子虛占官位之人了？」

「卑職並未這樣想。」她容貌姝麗過人，卻是個極爲耿直的性子，粗獷俐落的胡服和神態眉宇間的坦坦蕩蕩，反而硬生生壓下了那分艷色，透出了英姿颯爽來。

「卓參軍，我在長安多年，還未曾見過如同妳這樣的女郎。」裴行眞微笑。

卓拾娘不明白他的意思，卻也沒打算多問，故而繼續沉默。

不是跟案件有關的，她通常沒什麼興致知道。

阿耶也唸叨過，她雖然外表看著是個女郎，可骨子裡就跟個糙漢子沒兩樣，渾身上下唯一丁點兒細膩也都用在案子上了。

要指望她老於世故或長袖善舞，抑或者有點兒女兒家的嬌羞……還不如盼著太陽打西邊出來可靠些。

但見裴行眞對著她笑吟吟，似有所待，她縱然對於人情世故遲鈍些，也領會了這位刑部裴侍郎是等著她說點什麼。

她想了想。「長安仕女紅妝華美，麗色錦繡，自然沒有卑職這樣的粗獷莽直。」

「卓參軍也太自謙了。」他鳳眼隱有笑意。

卓拾娘搖搖頭。「並非自謙，貼花鈿，描唇脂梳妝打扮什麼的，確實很難，卑職是極佩服的。」

裴行眞一滯。

他還眞不是這個意思……

卓拾娘忽然想起一事，嚴肅道：「裴大人，死者四、五個時辰前食過羊，可這三日驛站伙食是蒸餅和饆饠，葷食唯有臘肉和燻鵝二種，卑職方才注意過灶房，確實沒有羊肉。」

他驀地眸光湛然。「妳的意思是，死者可能在四、五個時辰前尚未進入驛站，而是在前來驛站途中於某處進食的？」

卓拾娘點點頭，遲疑道：「卑職投宿『山鳥驛』前，曾在十里外經過一處逆旅，雖窄小老舊，卻也兼貨棧之用，打理的是一對老夫妻……不知是否也有賣吃食？」

「確實可查，若此人曾在這處逆旅歇腳用飯，或許能從那對老夫妻口中打聽出他更多身分背景的蛛絲馬跡來。」他將肖像圖吹乾了，折疊而起，放入油紙信封中，忽地微微一嘆。「——此番出行還是失策了，人手帶得不夠，這驛站上下疑點頗多、心思難測，我也不欲將可能的線索交付不可信任之人。」

「若裴大人允可，卑職願走這一趟。」她精神奕奕。

他看著她認真得近乎古板的小臉上，流露出躍躍欲試的興奮，不禁又好氣又好笑。「不行。」

卓拾娘一愣。「裴大人覺得卑職也是疑犯之一嗎？」

「不。」他故意沉了沉臉。「我從未懷疑過妳，只是兇手狡詐凶殘，妳是女子，萬一被他盯上了尾隨而去滅口，當如何是好？」

「卑職騎射功夫不弱。」她蹙眉，強忍下一句「女子不女子的有甚干係？」。

阿耶說過，今時不同往日，他們父女都從戰場上退役了下來，不能再動不動就打打殺殺的，或是用拳頭解決事情。

得瞻前顧後，得抽絲剝繭，還得講道理……唉。

儘管這幾年來這個參軍當得也算有滋有味，但卓拾娘還是覺得沙場比較適合自己。

「知道卓參軍功夫了得，」他微笑。「可妳在驛站內助益更大。」

「卑職幫得上就行。」她頷首，突然想起一事，小心翼翼地打開了只桑皮紙方勝，「對了，裴侍郎，這是卑職方才自死者指縫中摳出的異物。」

他仔細接了過來，修長指尖輕拈而起，觸手略略搓揉。「……色澤微黃，搓之粉屑，還有些許滑手，死者浸泡在水缸之中，指縫間猶能保存下來……這倒像是蠟。」

蠟可防蟲防水，還隱隱透黃屑……

卓拾娘思索。「蠟？難道死者死前抓過蠟燭等物？」

他腦中靈光一閃。「不是蠟燭，是紙！」

「紙？」

「經黃檗汁染色及塗蠟而造成的硬黃紙，可避蟲蛀，光澤瑩滑，多爲抄經或臨帖做字用，有些商人亦會以此紙書寫契約，便是圖其堅韌防蟲易久藏。」他驀然起身，鳳眸明亮。「硬黃紙頗爲名貴，若死者當眞是商人，那做的必定也不是什麼小打小鬧的營生，這才買得起硬黃紙落契。」

「還有被拔走的指環印。」她語氣急促了起來。「卑職記得家中阿耶曾提過，吐蕃有某些部落大商販會打造銀指環戴在拇指上頭，指環刻有字，常作爲落印爲契用……可死者容貌骨骼體態卻並非吐蕃人，而確確實實是大唐人士。」

「大唐萬國來朝商路活絡，長年南來北往經商走販的這群人，最爲靈活機變，也自有他們的一套生存之道。」他越發覺得他們摸對了思路，冥冥中像是抓到了那一絲最爲可靠的線索。「死者掌心有韁繩落下的繭子，雙腿隱約羅圈，有指環做印，硬黃紙爲契……足見應當是商人沒錯。」

卓拾娘也舒出了一口氣，總算沒那麼彆屈。

兇手精心布局，他們本就失了先機，而大雨連日，更是有可能沖掉許多蛛絲馬跡，只不過也多虧這場大雨，在爲他們束手縛腳的同時，也相當程度阻止了兇手掃尾的動作。

若她是兇手，如不是這樣的大雨，早就可以悄無聲息地把死者偷運出驛站毀屍滅跡……不說旁的，這「山鳥驛」前後最不缺的就是山，隨意往哪個山坳子一扔，這樣的深秋時分，飢餓覓食的野獸豺狼早就將之吃得骨頭都不剩了。

「此間最重要者有二，」裴行眞嗓音低沉有力。「一是查明死者眞正的身分，二是找出驛站內眞正的案發現場……希望玄機那兒有發現。」

就在此時，玄符先行回歸來報——

「稟大人，『山鳥驛』的菜肉米麵醬醋等物，都由虞鄉縣城大通商號送來，每七日送一回，但其中十分之一則是暗悄悄拐彎送進了羅驛丞位於縣裡的宅邸，而薪柴則是山腳下松鎮提供，五日一車，逢深秋隆冬則是五日三車，押車運送的也都是松鎮里正之子和幾個族裡青年，皆是老面孔了，卑職查問過驛站內所有人，確實無人見過死者。」

裴行眞似笑非笑地瞥了羅驛丞一眼，對於這個結果既不詫異也不失望。

案件抽絲剝繭過程中，就是從萬千落葉中找出那一片代表眞相的葉子，期間就是不斷找出或排除更多的可能性。

「所以死者不是光明正大混進驛站來的。」卓拾娘沉思。「而是有人暗中接引。」

被「扣押」在屋內聽著他們分析案情，一層層剝去驛站不爲人知「皮兒」的羅驛丞，羞愧驚惶得再也撐不住了。

「裴大人……裴大人，您聽下官解釋，那個大通商號……」

「嗯？」裴行眞鳳眸微挑。

驛丞們多半是攜家帶眷上任，通常會居住在驛站最後頭一排屋舍中，另開小門，免得家眷奴僕出入時和前頭驛站攪了個不公不私、不清不楚的。

但他來前看過羅驛丞在尚書省吏部司的身家文牒，知道他本就是這虞鄉縣人，也算是地頭蛇了。

「大通商號送到下官家裡的菜肉米麵等物，都是順道……順道，下官賤內都有給銀子的。」羅驛丞慌忙澄清，一疊連聲喊冤。「下官絕不敢行貪污之事，還請裴大人明察，還有……還有下官平時都一力督促驛兵們千萬得看守門戶，絕不會有內神通外鬼，把外人引進驛站這樣違反唐律的——」

「羅驛丞，證據會說話。」裴行眞懶得再與他扯皮，下令道：「拿下，暫且囚於前院廂房中，等此案一了，自有懲處定斷。」

「喏！」玄符二話不說，俐落地自腰間取下牛皮繩，三兩下將還一臉懵的羅驛丞捆了個紮紮實實，而後在羅驛丞悽慘慌張地想喊冤時，輕輕鬆鬆手刀朝其後頸一砍……把人劈昏就拎走了。

當然，期間也沒忘了接下裴大人的下一個指示——速速前往逆旅清查死者可能留下的行跡。

卓拾娘有些羨慕地看著玄符這一氣呵成的老辣蠻橫動作。

眞好，在蒲州任職之時，她也老想這樣對付那些歪纏犟嘴還死不認罪的犯人……可惜不行。

蒲州刺史是她阿耶的老上司，陰山之戰時官拜副將，向來視她如親子姪，每每苦口婆心勸她行事婉轉些，別跟糙漢老兵油子似的，容易落人話柄不說，她這麼兇神惡煞的……將來哪個兒郎敢將她娶回家？

但卓拾娘從沒想過嫁人這回事，她早就打定主意日後自立女戶，一人吃飽全家不餓，何等爽利快活？

拾娘自小在男人堆裡長大，就沒拿自個當女人過。

可老刺史的面子也不能不給，因爲但凡誰成天見個白鬍子老大爺追在自己後頭，氣喘吁吁高喊著要她秀氣些！斯文些！別闖禍……她還能忍心左耳進右耳出當沒聽見嗎？

那不能。

思及此，饒是卓拾娘向來心大，也忍不住默默嘆了口氣。

裴行眞注意到她盯著玄符艷羨的眼神，心下有些莫名不自在，輕哼了聲。「看什麼呢？都走神了？」

難道玄符容貌生得比他還好？

她回過頭來，認眞地對裴行眞道：「裴大人一定是個寬厚的好上官。」

能縱容屬下捆歹人跟捆豬似的，都是好上官。

他一呆，不知怎地歡快飛揚了起來，笑得眉宇彎彎。「卓參軍也想投入我門下？」

「那倒沒有。」她老實道。

裴行眞清俊蕩漾的笑臉霎時一僵。

卓拾娘也不知他此刻心中正跟推倒了醬醋罐子似地亂七八糟、滿滿不是滋味，專注力又重回此樁案件上，猶豫道：「裴大人，卑職總覺得三日前柴房走水一事……頗為關鍵。」

裴行眞也迅速收束心神，濃眉微蹙。「按線索看來，兇手三日前放火燒柴房，就是爲了讓灶房薪柴不足，今日廚役們必須離開灶房去庫房找舊日堆積的柴火，製造這個時間差，好將死者棄屍於水缸內。」

「可爲什麼兇手不隨便往驛站隱密處棄屍呢？非得要冒著被廚役發現的危險，將人棄於水缸中？」

「若非兇手故布疑陣，就是有不得不棄屍在灶房內水缸的原因。」裴行眞向來思維敏銳，再細思本就排序在腦中的種種蛛絲馬跡，一下子勘破了其中詭譎，微微一笑。「走！去灶房！」

卓拾娘也快步跟上。

✦

當江縣令一行人冒著大雨渾身狼狽地趕到驛站時，聽留守的驛兵指路，又好一番周折才追到灶房去。

「下官江韜，領縣尉劉文、主簿張志陽、仵作葛三兒，拜見裴大人、卓參軍。」江縣令年近四十，斯文儒雅，不像個當官的縣令，反而像是個書院的夫子，率領著縣尉幾人上前恭敬行拱手禮。

裴行眞和卓拾娘熄滅了三口灶火，小心地用火鉗子掏出裡頭餘炭和細碎雜物，將之一一用乾淨的籮筐裝盛起來，下面各自放了個盆兒。

他們正在仔細地篩下炭灰餘燼，看著竹編網狀籮筐上頭慢慢被篩剩下的物事。果不其然，雖然很少，但仍然依稀可見尚未完全焚毀的殘存鞋履和綢衣焦黑細碎……

「我們遲了一步。」卓拾娘有些懊惱。

裴行眞卻低低笑了。「不，也許並不遲。」

卓拾娘一怔。

裴行眞只對她眨了眨眼，隨即優雅起身望向江縣令等人，從容淡笑。

「江縣令來得正好，驛站眼下出了人命，而無論驛站或是命案，你都是虞鄉縣轄管的官員，本官雖爲刑部侍郎，也不好處處越過你，終歸要向你支會一聲的。」

「裴大人客氣了。」江縣令絲毫沒有見到上官的緊張或激動，非常沉穩地拱手行禮道：「驛站重地竟出了命案官司，下官忝爲小小縣令，也著實怕自己位卑擔不起，還請裴大人主查此案，下官和虞鄉縣衙上下人等皆聽從大人號令。」

「今日的命案，裴某自然不會袖手旁觀。」裴行眞頷首，語氣溫和。

江縣令嘆氣，摸了摸脖子。「唉，下官得知此消息，眞眞是焦心如焚，恨不能身插雙翅，火速飛抵驛站探查究竟才是……這好端端的，驛站怎麼會出了人命呢？」

裴行眞目光落在他摸脖子的動作上，頓了頓，微笑安撫道：「死者的身分，我已命屬下前去一處逆旅追查，相信很快就會有結果了。」

江縣令面露安心，隨即下意識地擺弄了弄左右衣袖，就像是想撢去袖上的溼氣般。「那下官就放心了。」

裴行眞若有所思。

放心……嗎？

他嘴角輕揚，眼神和煦。「江縣令和縣尉等冒雨趕來辛苦了，還是先喝口熱茶暖暖身，案子雖要緊，可若受了風寒，耽誤追查兇手的進程也是得不償失。」

江縣令一眾雖然坐著馬車來的，可這樣大的雨，進出馬車也是淋得夠嗆，油桐傘也僅能擋住頭臉，眼下本就是個個衣衫褲腳半溼，正暗自打著哆嗦，不過強撐著罷了。

裴行眞此話一出，縣尉和主簿仵作都情不自禁眼露喜意，只有江縣令瞳孔陡然放大了一瞬，而後忙正色端謹，連稱不敢——

「多謝裴大人體恤，但還是速速破案重要，下官等暖不暖身子並不要緊。」

「哈啾！」仵作葛三兒年老體衰，卻在此時恰恰巧憋不住地打了個噴嚏，被臉色難看的江縣令狠狠一瞅，只忙慌慌得跪下賠罪告饒。

「下屬失禮，還請裴大人見諒……」江縣令也躬身請罪。

「不妨事，」裴行眞微笑如故，絲毫不見怪。「正所謂磨刀不誤砍柴工，就是喝口熱水的工夫，只不過目前廚役們和驛兵皆是嫌犯之一，這灶房庖廚的活兒本官還當眞不會……」

卓拾娘總覺得眼前這大唐有名的俊美侍郎那和藹笑容裡，隱隱有種老狐狸的味兒，雖不知他究竟玩什麼把戲，還是在他似笑非笑不經意朝自己望來的當下，奇異地領會了他的意思——

「我會燒水，我來。」她開口。

裴行眞笑得有些溫柔。「如此就有勞卓參軍了。」

卓拾娘還是一臉板正，只不著痕跡地瞥了灶房另一頭，那具被自己開膛破肚又重新收拾縫好，正被油氈布牢牢蓋住的屍體。

灶房中原本氣味並不好聞，只不過她驗屍之時會習慣性在屍體身邊燃起細辛、甘松辟邪，隔著屋簷廊下的灶房大門也開著，多少吹去了那肚腹濁臭腐敗和血腥氣……

方才她和裴行真又捅開了灶膛篩炭灰餘燼，所以現下灶房只留下淡淡的炭火味兒。

卓拾娘手腳俐落地燒起火來，在要往水缸處舀水時，暗自悄悄看著裴行真在對江縣令等人說著他倆剛剛在灶膛中的發現。

——裴大人確定要這麼做嗎？

她心下略微遲疑，可動作卻流暢自然無比，掀開了木蓋就拿水瓢朝那半缸水一撈……

就在電光火石間，她一下子明白了裴行真的深意。

卓拾娘目光低垂，暗藏住一朵小小的笑容。

她舀起水就轉身倒進大鍋裡，就這麼足足舀了六、七瓢，手腳麻利地取過一旁的老薑啪啪啪地拍碎了幾大塊扔進去，因著薪柴堆得足，炭火燒得旺，很快便沸水翻騰起來，辛辣薑香味飄散……

她注意到江縣令那群人中，有人下意識地吸了吸鼻子，有人則面色隱隱發白，額際沁汗。

偏偏老狐狸……裴侍郎又專注認眞地拿著些無關痛癢的線索跟江縣令等人討論著，直到她說了一聲「薑湯熬好了」，這才面色恍然地回過頭來——

「有勞有勞。」他深邃明豔的鳳眼笑吟吟地望著卓拾娘。

「小事一樁。」卓拾娘表情清冷如常，只默默地拿出了幾只粗瓷大碗，第一碗就按著官職高低，率先遞給了江縣令。

江縣令神情有一絲僵硬，而後文質彬彬地婉謝道：「多謝卓參軍，我近日腸胃不適，正吃著藥方調養，大夫曾交代過不能飲用薑湯等辛辣發物，免得沖撞了方子……」

裴行眞笑容更深。「那也太不巧了。」

卓拾娘想了想，拿過水瓢直接到水缸上上下下舀起又潑落，見水面上無數水珠，而後再舀起，遞到江縣令嘴邊——

「《傷寒論》有載：甘瀾水，不助腎氣，而益脾胃也。江縣令喝點甘瀾水，對腸胃好。」

那瓢水陡然湊到了江縣令唇齒間，水花幾乎緊貼著嘴唇就要灌進去，江縣令猛然大驚失色地揮臂重重打落了水瓢！

「不……嘔……」

眾人錯愕間，只見斯文的江縣令彎腰吐了個稀哩嘩啦，劇烈嘔聲痙攣不絕……

裴行眞和卓拾娘彼此交換了個心領神會的眼神，嘴角隱隱上揚，自然剩餘的那三碗也就不忙給了。

「江縣令怎麼這樣就吐了呢？」裴行眞嘆了口氣，慢條斯理地道：「是當眞脾胃不適，還是……」

「裴大人，您明明知道——」江縣令又驚又怒又狼狽至極，他吐得眼睛都赤紅了，憤然指著他鼻頭。

「知道什麼？」裴行眞挑眉。

江縣令大口大口喘息，難掩氣憤。「下官……下官確實正病著，裴大人又何必這般戲弄人？雖然下官只是區區七品小官，也是我大唐朝廷指派的正經官員，裴大人仗著位高權重又是名門子弟，難道就可以——」

「江縣令堅持不肯喝這水缸裡舀出的水，難道不該先解釋一二？」裴行眞微笑。

江縣令鬢邊一顆冷汗蜿蜒滴落，面色憤慨。「裴大人莫顧左右而言他。」

「江縣令，」裴行眞加重了語氣。「——**為何你不敢喝這水缸裡的水？**」

縣尉和主簿仵作也惶惶不安又滿眼疑惑地偷偷打量著江縣令，只不過此時此刻，他們也明白了或許是這水缸中的水有異？

「裴大人，」江縣令恢復了鎮定，語氣硬梆梆地道：「大人這是在試探下官什麼？難道您懷疑下官跟命案有關？」

「如若無關，江縣令又何必畏懼這缸裡的水？」

江縣令怒而甩袖。「裴大人，這口水缸正是死者被棄屍之處，你卻哄騙逼迫下官一行人飲用此屍水燒出的薑湯……下官倒要請教大人，大人這般心思險惡狠毒，爲的是什麼？」

此話一出，縣尉等人面色大變，也幾欲作嘔，好不容易才死死憋住了。

裴行眞眸光一閃，笑問：「那江縣令你又是如何知道這口水缸是死者被棄屍之處？誰同你說的？兇手嗎？」

「裴大人在這裡同下官繞圈子問這些無用之詞，難道你才是想爲兇手拖延時間嗎？」江縣令心一橫，大聲喝斥。「下官也甚爲好奇，裴大人爲何不在刑部當値，卻微服千里潛行至虞鄉縣，究竟有何不可告人的目的？」

裴行眞面對他的咄咄逼人卻絲毫不以爲忤，也沒有半點動怒的意思，反倒是卓拾娘聽不下去了，面無表情地指出——

「江縣令，你一直迴避裴侍郎的問題，不正是心裡有鬼？」

江縣令嗤了一聲。「下官乃一縣之主，收到了命案消息來到驛站是協助查案的，死者屍體出現在水缸中，驛站人人皆知……」

「也並非人人皆知，除了三名廚役，兩名驛兵，本官和卓參軍及兩位護衛外，其他人只知命案，不知缸中有屍。而劉縣尉、張主簿、葛仵作，你們三人隨著江縣令一路疾行至此，又可曾有聽誰人告知過爾等，死者被人棄屍進水缸之中了？」裴行眞問。

劉縣尉等人呆了一呆，本能就想搖頭，可忽然又想起什麼……有些失措無助地悄悄望向江縣令。

江縣令目光幽然，似有暗示。

劉縣尉等人心下暗暗叫苦……

雖不知縣尊大人爲何要他們同一口風，但他們是縣衙的人，人在屋簷下……又如何能與頂頭上司對著幹？

劉縣尉和張主簿面面相覷一眼，葛仵作則是都縮到角落當影子人了，這上峰們神仙打架，他這樣的賤籍仵作又哪裡有說話的份兒？

「咳，回大人的話，我等確實——」劉縣尉硬著頭皮正想順著江縣令的話。

「車夫前往縣衙通知你們之時，我早交代過他，只說驛站出了命案，請轄內的虞鄉縣縣令率人前來協理辦案，其餘的內情線索皆稱不清楚。」裴行眞負手在後，不慌不忙。

劉縣尉等人面色一僵！

裴行眞凝視著他倆，鳳眸湛然生光。「且車夫也一直亦步亦趨跟隨爾等在側……所以，你們可想好了，究竟是聽沒聽過？又是聽誰說過？不如本官數三聲，你們同時說出此人姓名？」

劉縣尉和張主簿頓時傻了眼……

他、他們壓根連口風都沒對過，又哪裡說得出個名兒呀？

劉縣尉等人終究不敢冒著被當作疑犯同夥的罪名，在這時胡亂幫頂頭上司作證，紛紛下頭來，囁嚅承認——

「卑職……卑職確實沒聽見過。」

「卑職也不知此事。」

且適才還是裴侍郎同他們「閒聊」之時，他們方知裴侍郎和卓參軍會在灶房中擺弄那些炭火餘燼，是因爲死者身上外衣和鞋履被塞進灶膛中焚燒，兇手試圖毀滅證跡……

可再多的，就什麼都不知道了。

江縣令萬萬沒料到自己一瞬間竟踩進了裴行眞的陷阱裡，又教帶來的下屬們狠狠坑了一把……

他面色鐵青，胸膛劇烈起伏著，看著就像是遭受冤枉而憤怒難當。

豈有此理，豈有此理！

江縣令極力維持冷靜鎭定，嗓音粗嘎，氣息不亂。「裴侍郎，他們不知道，並不代表本官不知道，我終究是虞鄉縣的父母官，驛站也是我管轄之所，這裡自有我的消息來源……」

「若江縣令不說出你的消息來源是誰，那麼我便能合理懷疑，你的消息來源就是兇手。」卓拾娘有些不耐煩了，直接打斷他的話。

這些文人酸儒就是這樣囉哩叭唆哼哼唧唧的，愣是不痛快。

「本官的消息來源是兇手？本官消息來源怎麼可能是兇手？眞是可笑至極，本官身爲一縣之長，又是驛站監督上官之一，在驛站內安插耳目也無可厚非，事關驛站和縣政機密，刑部和州府並無直轄之權，本官自然不方便告知二位！」江縣令神色嚴厲，語氣生硬。

卓拾娘被他的話一堵，明知江縣令形跡可疑，但句句順理成章……她竟無可辯駁，刹那間頓時覺得拳頭有些癢。

「江縣令這話在理，可如果你與此案無關，爲證明自己的清白，更應該將此人傳喚而出堂上對質作證，若查明屬實，裴某自會向聖人請罪領罰，以平江縣令受冤屈之怒。」裴行眞修長大手輕輕摀住了卓拾娘的小拳頭，微笑道：「江縣令，你現在可以說出那人是誰了嗎？」

卓拾娘迷惑地低頭看了看他再自然不過的動作，雖然他的手很是玉白纖長好看，但……摸個屁啊？

她想也不想火速抽手，然後在胡服上搓了搓，試圖蹭掉方才那種有點微癢的古怪感覺。

「……」氣定神閒的裴大人有一瞬的尷尬。

不過他還是識趣地摸了摸高聳的鼻梁，專注地盯向江縣令——辦正事兒還是最重要的。

江縣令怒意漸退，而後心緒沉重地嘆了口氣，擺擺手道：「裴侍郎官大一級壓死人，下官不過小小七品縣令，自然不敢違逆鼎鼎大名的裴、大、人。」

他話裡字字句句都是謙虛退讓，語氣卻諷刺意味濃厚。

裴行眞卻彷彿沒聽出他的譏諷，眉眼舒展面容平和微笑道：「不過是按著線索推斷案情，線索到哪裡，案子就辦到哪裡，裴某也不是針對你，還請江縣令見諒一二。」

江縣令暗暗咬牙，不愧出身長安門閥裴家，其厚顏無恥、老奸巨猾……眼前這位年紀輕輕的裴侍郎還眞不輸給多數久歷朝堂的油滑老官胚子。

江縣令略定了定神，做出無奈之色。「那人便是驛兵胡大。」

「胡大？」裴行眞高高地挑起了眉。

卓拾娘眼中閃過一抹厲色——好傢伙，那唯唯諾諾看著膽小如鼠的胡大，居然也敢在他們眼皮子底下偷偷通風報信？

這「山鳥驛」不大，蛇鼠蟲蟻倒多得很哪！

第三章

江縣令撫鬚一嘆，不得不自袖中內袋取出了一團紙。「平日驛站事務皆由羅驛丞統轄，若我日日命人監督查核，反倒會令羅驛丞誤以爲我是刻意弄權，所以未免生出不必要的誤解，本官這才讓胡大做這眼線……今日倉促間，胡大只匆匆塞了只紙團子給本官，上頭寫就的正是驛站發生命案，有人死在水缸之中，僅此兩行字而已。」

江縣令將那紙團恭敬遞與裴行眞面前。

裴行眞接過紙團展開一看，果然上頭粗略寫著——一名生人死在水缸中，刑部大人查案——字跡有些歪歪扭扭，看著像是用柳枝燒制而成的木炭條劃拉出來的。

劉縣尉陡然想起一事，脫口而出：「我想起來了，我等剛到驛站門口，就有一名驛兵出來幫忙拉的馬，只是動作很快，並無跟誰交談……不過確實當時他站的位置離縣尊大人頗近。」

葛仵作也連連點頭，顯然他也對這一幕有點印象。

「劉縣尉看到的那人，正是胡大。」江縣令有一絲欣慰。

眾人恍然大悟，證詞這就對上了——那既是如此，侍郎大人方才甫打了照面就懷疑自家縣尊是疑犯之一，無憑無據，光靠臆測，著實也太令人齒冷。

卓拾娘察覺到眾人睨來的驚疑、畏懼和憤慨眼神，心下莫名有些暗暗惱火。

反倒是當場被打了個措手不及的裴行眞，只露出微微訝異之色，而後輕輕笑了起來，興味濃厚地問：「哦？若當眞如此，那想必，江縣令也不介意本官命人尋那胡大來問話了？」

「下官所言句句屬實，自然不懼。」江縣令刻意直視他的雙眼，而後左邊嘴角微微往上一抽，繼而轉頭對著外頭自己帶來的衙役道：「來人，去傳胡大來此對質。」

「喏。」衙役領命而去。

江縣令又恢復了初始那文官的儒雅翩翩，只不過臉色嚴肅了幾分。「裴大人，若胡大來此為下官作證屬實，那大人您……」

「有紙條為據，若再有胡大為證，那麼是非曲直當然一清二楚，」裴行真歉然一笑。「裴某亦會承認是自己方才躁進，並誠心向江大人請罪賠禮。」

江縣令不著痕跡地抿了抿嘴唇，而後神情肅然道：「賠禮就不必了，不過下官只希望，裴大人身為刑部侍郎，更該嚴明守紀、審慎行事才對，如今日這般斷章取義的魯莽之舉，實在有損大人素日風評……唉，眾目睽睽之下，下官縱使想為大人遮掩也不能，又如何放心將這一樁驛站命案全權移交託付到您手上？」

「胡大都還沒來，縣令大人未免也太心急了。」拾娘皺了皺眉。

「卓參軍，雖胡大未至，可紙條上確是他的筆跡，如果還有疑慮，只管讓胡大的同僚來認一認也就是了，還有羅驛丞，想必也認得出這是不是胡大親手所寫。」

江縣令正色道。

「你——」拾娘還想再說什麼，裴行真大手已然再度輕輕摁住了她的肩頭，抬眼對江縣令尷尬一笑——

「江縣令，裴某也是破案心切，不想錯放任何線索，抱歉。」

「裴大人，那現在下官可否和您『共同』查明此案了？」江縣令心氣大順，目光卻有三分炯炯迫人。

許是方才自己的貪功冒進理虧了，裴行眞態度不免軟化些許。「江縣令乃虞鄉縣縣尊，掌一縣民政律法之責，自然是有權和本官同審此案的，但……不知江縣令你打算從何查起？」

江縣令環顧這灶房。「自然不該是在這憋促的灶房內草草斷案，裴大人如果沒意見的話，我們移步驛站大堂如何？」

「都聽江縣令的。」他笑笑。

「裴大人請。」江縣令不管心裡是做何想法，但面上還是謹守官位尊卑，端著有禮而疏離的笑容拱手道。

「江縣令請。」裴行眞也稍稍謙遜讓了一讓，這才率先舉步前行。

按著官位大小，卓拾娘自然是落後裴行眞一步的，她眼神複雜地望著前面高大英挺、清傲若竹的背影……

這裴大人看著像是平白無故挨了一記悶棍，可不知怎的，拾娘總覺得這人有些蔫壞，像是在憋什麼大招似的？

她搖了搖頭，不管誰巧言矯飾推託都沒有用，總之……她只認證據。

◆

只是一行人剛剛走出灶房，在迴廊下就要前往正堂，忽見玄符和玄機匆匆而來，身後還有方才那名去傳胡大的衙役，只不過臉色發青，精神恍惚——

「大人，查出死者身分了！」玄符拱手。

「大人，屬下等人找到了疑似案發地點，只不過現場還多了一具屍體，死者是胡大！」玄機也稟道。

眾人聞言大驚！

裴行眞微微變色，卓拾娘也神情一凜，下意識迅速望向他，心下一動——看來，胡大之死，是超出了裴大人的意料之外？

她一路看著裴侍郎氣定神閒、成竹在胸，行事舉止堪稱運籌帷幄、機變如神……都差點要以爲他是能掐會算的諸葛孔明再生了。

現在見他也有推演不及的事，倒讓他一下子多了幾分平凡人的煙火氣，而不再是那一彎飄逸出塵、遙不可觸的天上明月。

用大白話說……嗯，像個正常人了。

此時此刻，「正常人」裴行眞神色恢復如常，回頭對卓拾娘和江縣令道：「走！我們立刻同去看看。」

「喏。」眾人不管心下各自肚腸揣的是什麼，還是恭敬拱手遵命。

江縣令腳下略急促地跟著前行，看著面前領路的玄機表情冷硬緊繃，裴行眞眉宇間也不若適才的從容恬澹，再看了一眼適才說查明死者身分的玄符，眼神隱隱晦暗，忽然感慨萬千地開口道——

「……唉，怎麼會發生這種事？胡大此人性情溫馴，做事向來戰戰兢兢且盡職盡責，居然連他也慘遭不幸……只是我虞鄉縣民風純樸，一年內也出不了幾樁案子，沒想到裴大人一來，驛站轉眼就死了兩條人命……」

劉縣尉等人聽著也有道理，驚疑不定地改爲暗悄悄打量起俊美從容自若的裴侍郎。

——說得也沒錯啊，虞鄉縣地處偏遠，民風並不剽悍，都是些小打小鬧的，唯一會見血的就是各村爲了爭水而械鬥……除此之外，可說是風平浪靜得百無聊賴。

——可好好的驛站往常也沒發生過命案，這裴侍郎一來，前後就死了兩個人，這若不是煞氣太大，就是……難道眞叫自家大人給猜中了？從頭至尾都是這個京城來的裴侍郎故布疑陣，擺弄出來的殺人命案？

眼見江縣令一句感嘆就讓現場氛圍轉了風向……

可明顯被影射且潑了髒水的裴行眞一副置若罔聞，向來粗豪坦蕩的卓拾娘卻有些聽不爽了，皺眉對江縣令道——

「這麼愛挑撥，江縣令平常在縣衙裡沒少撥算盤珠子練嘴皮吧？他娘的眞該把你這張嘴往漁棵壩上一擱，那大唐整年都不愁缺水了。」

四周一靜……

「噗！」裴行眞捂額忍俊不住。

玄機和玄符則是別過頭去，肩頭抖動……給憋笑的。

饒是劉縣尉等人心緒紛雜忐忑惶惶，也在回過意來後，差點跟著噗哧……可在瞥見江縣令幾乎想殺人的怨毒目光後，又連忙低頭縮了縮脖子。

◆

案發現場在後院驛丞那排明暗相間屋舍中，最靠外也是最偏僻的一間。

這間屋舍拐個彎兒就是小門，是給驛丞家眷進出可用，然羅驛丞世代祖居虞鄉縣，自然也派不上用場了。

如今唯有前頭那間闊朗明堂給羅驛丞日間歇息，其餘房舍都是落栓上鎖的。

羅驛丞也被押到了此處，他目瞪口呆地看著那間矮小僻靜屋舍，尤其一眼看見那個高高懸在樑上氣絕身亡的熟悉身影時，腦子嗡地一聲——

怎、怎麼會這樣？向來唯唯諾諾怕事的老好人胡大，爲什麼要會上吊自盡？而且、而且還是在他的家眷官舍中？

「快！快幫忙把他放下來！」羅驛丞衝口而出，心急如焚地喊道：「也許人還沒死——」

一向搭檔同僚的王海也被提了來，見狀紅著眼眶不敢置信，便衝動地想上前救人，可立刻被人高馬大的玄機橫臂攔住了。

「來不及了，胡大已經死了。」裴行眞冷靜道，眸中掠過一抹悲憫。

拾娘沉默了一瞬，而後昂首道：「誰都先別動他，命案現場需得先勘查過後，再慢慢將人放下來。」

江縣令則是面露震驚痛心之色，良久後，才長長嘆了口氣，語帶不忍道：「兇手也太狠毒了，竟然連胡大也不放過。」

裴行眞眼神微閃，對拾娘拱手道：「卓參軍，有勞妳驗屍。」

江縣令猛地回過頭來，皺眉不贊同道：「裴大人，適才不是說了，此案先由下官來查，我縣衙葛仵作也在此——」

「水缸棄屍案自然可以由江縣令查審，但胡大卻和你有主人與暗線關係，江縣令還是迴避一二得好。」裴行眞淡淡道。

「裴大人你——」

卓拾娘看著胡大屍體下方滾倒在一旁的馬凳，先仔細檢查了上頭淡淡的足尖鞋印，接著提氣輕身躍上房樑，隔著一小段距離先看了橫樑上的麻繩與灰塵摩擦痕跡……

她心中有所察覺，這才小心翼翼地示意玄機在底下準備接著，橫刀出手快如閃電地劃斷了麻繩，完美保留好套在胡大脖子上的繩結。

剎那間胡大的身體往下一墜，眾人忍不住駭然驚呼起來！

有抹什麼輕飄飄地從胡大袖子裡掉了下來，裴行眞眼疾手快地伸手一攫……而玄機則是動作俐落地牢牢接住了胡大的屍體，這才將之放在了平坦的地面上，又退到裴行眞身後待命。

他們三人行動默契十足、一氣呵成，渾不似是今日才因驛站命案而合作的。

拾娘不自禁激賞地看了他倆主僕一眼，接著身輕如燕地翩然落地，便專注地一一輕觸檢查起胡大的屍首表相體癥。

江縣令目光灼灼然地催促道：「裴大人，胡大袖子裡掉出的是何物？」

裴行眞抬眸瞥了他一眼，先是低頭看了小小的紙條，而後湊近略嗅了嗅，眼神微微一亮……隨即大方地將紙條展露給眾人看，上頭歪歪斜斜地寫了四個大字——

殺、人、償、命。

「什麼？」眾人大驚失色又瞬間嘩然……

「胡大這是……認罪了？認什麼罪呢？」

「莫非……」

江縣令露出痛心疾首之色。「——本官真是看走眼了，沒想到胡大就是殺人棄屍的兇手，現如今想是唯恐我們查到他頭上，便畏罪自縊而亡！」

「不可能……不可能……」王海衝動地低吼，熱淚奪眶而出，顫抖道：「胡大平常最膽小了，他是連片葉子掉在頭上都會被嚇一跳的人，而且心腸又軟，性子又懦弱，這驛站上下誰不知道？」

羅驛丞儘管自身難保，也忍不住哆嗦道：「是啊是啊，胡大不會有膽量和兇性幹出這樣的事來的，他恐怕連殺雞都不敢，又怎麼會殺人呢？」

江縣令板起臉來，呵斥道：「都給本官住口！驛兵連殺雞見血都不敢，當初是如何當的驛站兵？」

「縣尊大人……」王海眼眶赤紅。

「他不是自縊的。」

「殺人償命這四個字也不是他親筆所寫。」

眾人不約而同望向同時出聲的卓拾娘和裴行眞，萬分錯愕——

「不是他自己上吊自盡的？」

「可這字跡我瞧著挺像……」

裴行眞將方才江縣令交出來的紙團和這紙條一同並列高舉，低沉有力地道：「兩者乍看極爲相似，但紙團上的『人』，那一捺往下重壓，墨漬厚重粗魯了些，但紙條上的『人』字雖然刻意仿造，可那一捺後的尾端卻是微微上挑。」

江縣令瞳孔一縮，而後搖搖頭道：「人在惶惶之下，筆觸難免和心平氣和時所寫的會有些微不同，裴大人這般推論，還是過於草率了。」

眾人自然聽得出江縣令這是不軟不硬地又小小諷刺了裴侍郎一下。

「江縣令說得有理，但是筆觸會往上挑者，通常是書寫之人心中激動或暢快，胡大一個想自盡的人，有什麼好激動或暢快的？若說寫這認罪書的人是兇手，倒還更說得過去，因爲依他心裡所想，只要解決了胡大，就能將一切都推到胡大身上，自己便可逃脫罪名了。」

江縣令嗤了一聲，顯然深不以爲然。「裴大人說得這麼雲裡來霧裡去的，都是臆測之詞，沒有實證，如何服人？」

「實證自然有。」裴行眞側首對玄機吩咐道：「去取文房四寶來。」

「喏。」

江縣令眉頭皺得更緊了。「裴大人您這是做何用意？」

「諸位稍後便知。」

不一會兒，玄機果然去取來了，只見裴行眞手持毛筆略沾了沾邊緣稍淡的墨水，輕輕在紙條左上角和左下角各自劃了劃。

眾人都圍過來看，瞬間瞪大了眼——

「有指印浮出來了？！」

「這是胡大的指印？」

「不，應該是兇手一手摁著紙，一手寫字留下來的……眞是令人大開眼界，原來紙上的指印可以用墨水掃出來啊！」

裴行眞淡然回答：「並不是每個指印都能這般用墨激發浮現的，可留下指印的人手上有油漬，面上雖看不出，但若未用胰子仔細洗去，便會在容易沾附之物，如紙上印下痕跡。」

眾人嘖嘖稱奇，均是難掩佩服之意……

江縣令笑容有些勉強了，卻還是拱手道：「裴大人果然厲害，那如何證明這指印不是胡大自己留下的？」

回答他的是卓拾娘，她從矮案上的文房四寶中拿起一張紙，抓住胡大的十根手指頭一一印過，再放置回矮案，望向裴行眞。「大人？」

裴行眞眸光閃閃一笑，默契有加地提筆輕輕掃過那張紙的每一處。

果不其然，只見一片黑漆漆的墨漬，卻顯示不出半枚指印。

「胡大手上沒油漬。」卓拾娘言簡意賅地道。

「即便如此只能證明紙條非胡大所寫，卻不能證明胡大不是自縊的。」江縣令臉色有些難看，盯著卓拾娘，語氣意味深長。「卓參軍，本官比所有人都要希望胡大安然無恙，這樣他就能爲本官作證……可眼下他投繯自盡是事實，我也不能違心地聽信妳這毫無根據的推論。」

「江縣令不必心急，我自然能證明胡大眞正的死因。」卓拾娘面無表情道。

「哦？」江縣令冷笑，顯是不信。「卓參軍如何證明？」

「自縊的和被人勒殺或謀害後僞裝成自縊的，是很容易辨別的。眞自縊的，用繩索、帛之類系縛處，交至左右耳後，索痕深紫色，眼合唇開，手握露齒，繩索勒在喉上的則舌抵齒，勒在喉下的則舌多出，胸前有涎滴沫，臀後有糞便。」她冷靜地解說道。

眾人聽得渾身生寒……

「假如是被人打勒殺，假作自縊的，則口眼開，手散發亂，喉下血脈不行，痕跡淺淡，舌不出，也不抵齒，項肉上有指爪痕，身上別有致命傷損去處。」她指出。「裴大人，諸位請看！」

眾人有的是不忍見，有的則是害怕看屍體，可在頂頭上司刑部裴侍郎的目光威壓下，無論膽大還是膽怯的，只得將視線落在胡大的屍首上。

一看之下，眾人無不心下凜然……

胡大此刻的死狀痕跡，果然正如卓拾娘所言的那樣。

「——若是自縊，頸項間當只有一條繩索勒痕。」拾娘手法老練地小心將胡大繞頸繩結慢慢解開，卻赫然露出了兩條不一樣的勒痕，只一條透著青紫血斑，一條則是白痕。

「這、這兩條勒痕，怎麼顏色還不一樣？」羅驛丞愕然驚呼。

王海激動地望向卓拾娘。「卓參軍，所以眞的是有人勒死了胡大，他不是自縊的——」

「是，勒死他的人在他頸上留下第一條痕跡是青紫色的，當時胡大還活著，渾身氣血依然在運行中，所以生前勒痕會造成皮下腫脹破裂出血，」卓拾娘指尖比向那道白痕。「而第二條繩索爲何留下的是白痕，乃是胡大身亡之後，血液不再流動的緣故。」

眾人恍然大悟。

還不止於此，她隨即將胡大衣襟整個解了開來，只見乾瘦的胸膛上浮現一橫條明顯的瘀血腫脹。「這橫向瘀血的痕跡，諸位可看著眼熟？」

「咦？」劉縣尉忍不住趨身向前想看得更仔細。「這印子……」

裴行眞神色肅然，修長指尖朝床榻邊緣一指。「爾等瞧瞧，那橫條印子的規制可像不像從那裡壓印上的？」

一直無用武之地的葛仵作趕緊從隨身木箱中取出皮尺來，先在胡大胸膛間橫條瘀血痕量了一量，而後再小跑至床榻邊丈量了起來，而後高聲喊道——

「確實上下粗細一致！」

卓拾娘眼神溫和了許多，點點頭道：「葛仵作，有勞你來幫忙翻胡大的屍體，我們一同在大人們面前驗證，看是否兇手正如證據顯示的那樣，他是將胡大重重面朝下抵在床榻邊，而後膝蓋緊緊頂住他的背心，勒死了他。」

葛仵作本就擔心著自己一路跟著縣尊大人來，於驗屍推案上卻沒有半點作爲，就這麼從頭徹尾都被卓參軍給比下去……若丟了縣尊大人的顏面，也等於丟了自己的仵作飯碗了。

沒想到看著美豔清冷一身煞氣的卓參軍，卻願意提拉他一把……葛仵作感激得都快掉老淚了，聞言忙屁顛屁顛地跑回來幫忙打下手。

江縣令無意識間又開始擺弄起了袖子……

裴行真不著痕跡地觀察著，鳳眸越發明亮。

胡大屍體被翻過去，褪下上身衣袍，果然清楚可見上頭有個接近圓形的紫紅瘀痕。

「胡大死亡時間應在一刻鐘前。」卓拾娘皺眉。

「難道就是在和本官打完照面送完消息後，他回到驛站內就被害了？」江縣令面露氣憤和傷心之色。「兇手……未免太過猖狂了。」

「王海，本官命你等皆在後院廂房內等候，不能擅自離開驛站，你可知胡大當時是怎麼藉詞溜出來到驛站口幫江縣令拉馬的？」裴行真望向一臉悲容的王海。

王海一震，愧疚羞慚地道：「卑職……那時只聽胡大說肚子疼，想去方便……後來他還未回來，卑職就被玄機大人一同提來了。」

「你可記得同在後院廂房內的眾人，可有人在胡大假藉方便名義離去後，不久也跟著離開廂房？」

王海努力回想，苦笑道：「大人讓我等在廂房待命，想來本意也是讓我等互相監督；實不相瞞，那時兄弟們都餓了，便商量著由趙于、董文良和燕塔兒三人，搭伴回職班房取些從家裡帶來做消遣的乾核桃、栗子回來，多少塡塡肚子……對了，廚役小吳兄弟還主動提議要去幫大家夥兒去後院打些井水，廂房內就有小泥爐子，煮些熱水喝喝暖暖個身子。」

——又是吳行易?!

裴行眞和卓拾娘電光火石間迅速交換了個眼神……

「他出去多久?回來時身上或面色可有何異狀?」

「回大人的話，小吳兄弟出去大約超過了一刻鐘回來，手上確實還提著水壺呢，不過神色如常，沒瞧見有什麼異狀，倒是那大茶壺裡的水重，他拎得吃力，額頭都出汗了。」

王海那時還想著這小吳兄弟在灶下幹活也太欠磨練了，拎壺水就冒汗，看來以前在縣太爺身邊做隨從的時候，日子過得挺輕省逍遙啊……

江縣令忽然臉色一沉。「看來裴大人還是沒死心，一直想著把嫌疑罪責往下官頭上扣，這驛站上下誰不知吳行易昔日是我舊僕？況且前一位死者的身分和死因還未查明，就草草要將胡大此事兩案併做一案，裴大人這是想轉移焦點嗎？」

卓拾娘聽不下去了。「江縣令張口閉口都在質疑裴大人和我的推案，你究竟在心虛什麼？」

「笑話，本官有甚好心虛的？不過是怕裴大人心急破案，胡亂找了個無辜之人頂罪罷了。」江縣令氣咻咻道：「經過適才被裴大人冤枉，本官對裴大人著實心中存疑，這也是無可厚非。」

眾人聞言又有些動搖了，是啊，方才裴大人的確太衝動了，一下子就懷疑縣尊大人是疑犯……

「江縣令對裴某意見很大啊，」裴行眞低低笑了起來，鳳眸湛然生威。「不過江縣令，你應當和諸位一樣還記得，稍早裴某說的是——有紙條爲據，若再有胡大爲證，那麼是非曲直當然一清二楚，裴某亦會承認是自己方才躁進，並誠心向江大人請罪賠禮。」

江縣令一滯。

「稍後，本官自會讓人將嫌疑人吳行易提來問案對質。」裴行眞挑眉望向玄機。「你來說說，此處爲何是第一樁命案的案發現場？」

「喏。」玄機拱手。

「這裡便是案發現場？這、這不都好好兒的嗎？」羅驛丞脫口而出。

「床榻不亂，可軟枕有異。」玄機將床榻上那只看似整齊擺放的軟枕拿起，翻過面來卻是明顯印有乾涸唾沫和汗漬……甚至留下了一絲暗紅血的黑赭色麻布軟枕呈上。「大人，兇手應當是用此軟枕悶死了死者，許是仗著此屋無人會來，也就只草草收拾現場，擺放如常，不忙著毀去行兇所用之物。」

「兇手是獨自行兇，首要自然便是棄屍和毀去能證明死者身分的外衣鞋履等物，況且……再不濟，這不是還有羅驛丞或胡大能背這口鍋嗎？」裴行眞看了那布滿褶皺的軟枕，似笑非笑地睨了江縣令一眼。

江縣令暗暗咬牙，卻是昂高了下巴。

裴行眞環顧四周，這僅有一張床榻和五斗櫃，一只矮案和厚氈席的屋內，伸出指尖輕輕劃過矮案面，指腹果然未有沾上厚重的灰塵……

這屋看著像是常年空著，但霉味卻不重，案席擦拭過，床褥和軟枕也是新鋪設上去的，就像是原本便準備迎接來人入住。

看來除了胡大外，前一名死者恐怕還是「常客」。

「卓參軍，妳可要再搜查一二？」他回頭對卓拾娘一笑，眼含鼓舞。

卓拾娘心頭一熱，拱手行禮道：「卑職遵命。」

她熟悉老練地開始在床榻四周角落和底下搜索起來，連最上頭的承塵都沒放過，五斗櫃也一一拉開每只匣子，並搬移挪動開……

她連矮案內部每一處接榫處都不放過，最後寸寸摸索著地上鋪著的氈席……終於在毛皮和麻布編織的粗糙邊緣內，摸到了那只死者遺失的古樸粗獷銀指環。

江縣令瞳孔微微睜大，而後迅速恢復輕蔑又冷傲不屈的神情。

卓拾娘將銀指環交給裴行眞。「大人請看。」

「卓參軍好本事。」他眸光發亮，微笑接過，在玄符提高的燈籠下細看。「……指環上是雙刀陽刻的姚字。姓姚，指環爲落契行印之用，那死者極可能爲一姚姓商人。」

江縣令面色緊繃，卻一聲冷笑，顯是暗諷他是在胡亂猜測。

「死者在抵死掙扎的最後一刻，自知大禍難逃，便趁兇手不注意之時摘下指環，塞藏入氈毯中，爲自己留下身分之證。」卓拾娘低聲道，美艷清冷的眸中有著一絲感傷。「他不想讓自己死得不明不白，成爲橫死異鄉的無名之屍……」

眾人俱是沉默，難掩戚戚然。

裴行眞嘆息。「死者雖已然不能爲自己發聲，可人的身體卻能記錄自己由小到大生命歷程的痕跡，包含離世的原因。」

「屍體不會撒謊。」卓拾娘頷首。

江縣令身子肉眼難見地微微一顫。

「是，」裴行眞道：「他手掌有韁繩磨勒出的繭子，雙腿呈羅圈，腳下被換成了烏皮靴，外衣和鞋履卻遭兇手焚燒……百姓多穿麻，商人著絲帛，鞋履穿的也不是一般人慣常的烏皮靴，那就是高筒的胡靴了，而慣穿胡靴，多爲長年馴馬或於馬上奔波之人……他應是個馬商！」

「大人分析得極其精準，驛站東面十里外經營逆旅的老夫婦證實，每半年就會有位販馬的姚大當家行經此處，在逆旅貨棧落腳，吃上一大碗他家老婆子拿手的水盆羊肉。」玄符忍不住濃眉飛揚，恭敬遞上老夫婦的證詞和手印。「他們看了死者的肖像圖畫，確認就是此人。」

劉縣尉等人聽得瞠目結舌，更是難掩滿臉敬佩。

而裴行眞則是接了過來，看了看上頭密密麻麻的證詞，鳳晫越發興味深長。

江縣令腰桿挺得更僵直，攏在袖中的拳頭卻攢得死緊……而後冷硬道：「就算死者正是這名姚姓馬商，那又如何與本官扯得上干係？裴大人從方才至今卻一直要將本官打入嫌犯同夥，可證據又何在？」

「別急，」裴行眞笑笑。「姚是大姓，死者又是馬商，倒令我想起了一事……姚姓在春秋戰國時期本世居黃河中下游一帶，於西漢後開始播遷，分南北兩大支系，南系稱『吳興姚』，以安南道浙江爲根據地，北系則是『南安姚』，以隴右道甘肅爲居。」

「裴大人是名門貴冑公子，學識淵博，可眼下豈是您賣弄之時？」江縣令嘴上這般說，背後卻是冷汗漸漸溼透……

「聖人在隴右大力養馬，於千里之地設了『八坊四十八監』，朝廷更是鼓勵民間多養馬，征戰八方鞏固國力，處處少不了最優質的良駒，」裴行眞挑眉。「就連通商買賣也仰賴良馬多矣……江縣令調任至蒲州虞鄉縣之前，便是在隴右道爲官，不是嗎？」

「即便如此，隴右道轄境東接秦州，西逾流沙，南連蜀及吐蕃，北界朔漠，何其廣大也，」江縣令氣勢洶洶，振振有詞。「死者在隴右養他的馬，和本官也八竿子打不著——」

「我讓玄機帶人搜找驛站，自然也不會錯過飲馬池和馬廄內那三十匹驛馬。」

江縣令身子猛地一震，隨即大笑。「裴大人真是好興致，不忙著找兇手，倒連馬的閒事都管上了？怎麼？難道驛站不只發生命案，連馬也出事了不成？那羅驛丞就得好好出來解釋解釋，畢竟驛站由他一手轄管打理……」

羅驛丞聽見江縣令的話，頓時腳都軟了，砰一聲猛然跪下——

「大大大人……下官不敢，下官……」

「羅驛丞！」江縣令驀然大喝一聲，斯文臉龐有了絲猙獰怒色。「事到如今，你還想隱瞞？本官爲了情面護你至此，自己都成了裴大人眼中的殺人兇犯，你捫心自問，可對得起我？」

「大人……我……我……」羅驛丞嚇得兩股顫顫，幾欲口吐白沫昏厥過去，可江縣令的下一句話卻讓他連暈死過去都不能——

「你再掩護縱容自己的小舅子，難道是要見他一錯再錯，還是你要自個擔起這種種大罪？」

江縣令此話一出，眾人都愕然地望向他……

唯獨玄符和玄機不爲所動，卓拾娘皺了皺眉。

裴行眞則是露出一抹興味悠長，忽地召玄機上前，在他耳邊低語了什麼。

玄機眼睛一亮，立時拱手領命而去。

第四章

而這一頭，羅驛丞汗出如漿，嗚咽告饒道：「大人……下、下官認錯……可下官只是拗不過內弟央求，平時借一、兩匹驛馬讓他出去跑商，做做小營生，雖說有違法理，但法外不外乎人情……」

「都出人命了，你還敢虛言矯飾妄詞推託？」江縣令怒氣沖沖，隨即長嘆一聲。「罷了罷了……本官也有不是，就不該一時心軟，幫你遮掩了此事，如今驛站出了人命，馬商慘遭殺害，就連胡大也遭牽連身死……唉，造孽，造孽啊！」

羅驛丞直打哆嗦，面色慘白。「難道……難道人當眞是我那內弟殺的？可、可他去臨縣跑商去了，人不在啊！」

「不是他，還會有誰？焉知他不會悄悄繞回來作案？誰又能爲他作證？」江縣令憤慨道：「況且熟諳驛站裡外，又能在驛兵們眼皮子底下神不知鬼不覺殺人棄屍，又和馬商有所牽扯，種種跡象，他最為可疑，快說，他現在人在哪裡？若能叫他盡早投案出首，少不得裴大人與本官還能為他爭取輕判一些——」

「江縣令，你仕途只位居縣令一職，著實是太屈就了。」裴行真打斷他的話。

江縣令一窒，目光陰沉了下來。「裴大人，您這是執意讓下官擔罪了？」

「羅驛丞和其內弟私下斗膽包天動用驛馬行商，按唐律判，最輕也是流徙三千，重則斬刑。」裴行真淡淡道：「該他們領的罪，他們自然逃不了。」

羅驛丞聞言如遭雷擊，嚎啕痛哭起來。「裴大人……裴大人饒命啊……下官……不，小人以後再也不敢了，請給小人將功折罪的機會，小人往後定然痛改前非……」

「噤聲！」裴行真雍容風流的世家公子氣息剎那間化為凜冽肅然，令人不由心生畏懼。

眾人大受震懾，其中尤以羅驛丞為最，他死命捂住嘴巴面色如灰，瑟瑟發抖卻再也不敢哀叫求饒。

這一剎那，所有人方才眞正意識到眼前這個俊美年輕的裴大人，不只是出自尚書省裴丞相高門貴子，更是大唐刑部內屢破大案、赫赫威名的「裴侍郎」。

江縣令瞬間有些氣弱心虛起來，焦躁不安地挪動了動腳步，袖中的拳頭攢緊了又鬆，鬆了又緊攢……

他明顯地心神不穩，看在眾人眼中又多了一層可疑。

「江縣令，你說你與姚姓馬商沒有任何牽扯？」裴行眞再問。

江縣令又挪動了動腳步，而後昂然挺胸。「沒有！」

就在此時，玄機將吳行易等三名廚役都提了來，瑟縮地跪在一旁。

裴行眞瞥了一眼，朗聲道：「適才玄機都查檢過了，驛站三十匹馬中，僅有五匹是眞正的傳驛馬，其餘的二十五匹雖身上也烙有『出』字印，實則是遭人調包、混充而入的雜馬。」

眾人聞言均是驚呆了，就連面無表情的卓拾娘都倒抽了一口氣……

江縣令本能後退了一步，隨即大聲高喊：「裴大人可知自己在說什麼？傳驛馬何等緊要，怎會——怎會遭人調包？裴大人這是狗急跳牆，連這等荒謬可笑之事都能拿來胡編亂造？」

「驛站馬多爲頭大個接、耐力極強的馬種，鬃毛的三花剪法，亦是出自突厥，」玄機在裴行眞的示意下，挺身而出敘述說明道：「如今驛站二十五匹雜馬形似而神不似，雖仿效三花剪法，卻不是眞正突厥剪法。」

「你又如何確定？」江縣令咬牙。

「玄機不僅僅只是護衛，」裴行眞盯視著江縣令，驀然一笑。「他出身高貴，其母是阿史那氏可汗最小的女兒，聖人亦喚之阿妹……他是半個突厥人，在場所有人當中，沒有誰比玄機更有相馬的資格了。」

玄機挑眉，用突厥語說了句什麼。

眾人訝然又迷惑地望向他，正面露不解。

「『馬就是突厥人的兄弟』。」玄機露齒一笑。

江縣令氣色灰敗，又努力振作、強自理論道：「即便如此……裴大人說了這許多的證據，又有哪一條能證明本官與此案有關？」

「吳行易。」裴行眞陡然喚道。

那名身材高瘦面目平庸的廚役顫抖了一下，吞了吞口水。「小、小人在……」

江縣令見畏畏縮縮的吳行易，目光幽深。

江縣令冷冷地道：「難道裴大人就因爲此人曾經是本官的下僕，就認定他是兇手，而本官就是那個幕後主使了？」

「裴某都還沒說喚吳行易出來做甚，江縣令你反倒這般心急自己指認出來了？」

裴行眞微笑。

「你——」江縣令一僵，旋即氣急敗壞地漲紅了臉。「你對本官咄咄逼人，本官這是做合理的推測，否則你怎會偏偏把本官的舊僕叫出來說事？」

「羅驛丞稱吳行易是因爲前年酒後調戲女婢，才被故主厭棄留在驛站作活，可尋常人當著眾人面被拆穿這樣不堪往事，臉上正常反應多爲羞愧漲紅，或煩躁出汗，可本官注意到，吳行易當下卻只是神色蒼白，微露忐忑，並無任何心虛慌亂之情……那時，本官就留意上他了。」

江縣令臉色難看，吳行易則是身子一顫，想抬頭望向故主，卻在最後一霎又強行忍住了。

「這也不過是裴大人推測之詞罷了。」江縣令冷哼。

「我亦讓人打聽過驛站內的雜役們，對於前年吳行易於驛站酒後調戲女婢一事，皆稱無人親眼見過聽過那一番動靜。」裴行眞道。

「此乃家醜，下官自然不願外揚。」

「雜役們反倒是見你在翌日要離開驛站前往縣衙赴任前，當場喝斥吳行易，說他前一晚對酒醉對娘子女婢無禮，是留不得了，但你顧念主僕舊情，允他在驛站幹活，也是給他留一條生路。」

江縣令話回得極爲流暢。「未曾當晚鬧出來，是本官惦念著此乃府中私事，又怕落人笑柄，所以雜役們不曉此事也是應當。」

「你自己都說是家醜了，要瞞著不願外人知，可隔日你又親口當眾宣揚這件醜事，那不是更自打嘴巴嗎？」卓拾娘皺眉。「這樣前言不對後語，江縣令想騙哪個傻子呢？」

「可笑！」江縣令看著眼前難纏至極，語鋒句句如刀的兩人，又驚又怒又煩躁。「事發突然，本官心下煩亂，料理此事自然進退失據，亂了方寸，難道就不能允許我朝令夕改嗎？」

裴行眞笑了。「能，當然能，可據逆旅老夫婦證詞上所述，那位姚大當家也是前年出現在虞鄉縣，此後每半年都來一次，每每帶僕從和馬隊，說是經商路過，他們注意到回程的時候馬兒特別難伺候，逆旅貨棧中備下的草料都不吃，還是姚大當家的馬夫親自餵養的豆餅……」

這下不只江縣令，連劉縣尉等人都面色不對了，尤其是王海忍不住愀然變色脫口而出——

「那是驛站的馬！」

「沒錯，」裴行眞嘉許地頷首。「驛馬同戰馬，自來養得精細，尋常草料都是不吃的。」

外頭大雨不知何時停了，只聽得屋中一片寂靜……

漸漸地，眾人都望向了江縣令。

饒是江縣令心性沉穩老辣，依然在眾目睽睽之下冷汗直流，呼吸粗喘急重了起來。

「老夫婦證詞也說，姚大當家此番卻是隻身來此，沒有奴僕跟從，今早卯時左右在他家逆旅吃了碗水盆羊肉做朝食後，便又急匆匆駕馬走了……而他祕密趕到驛站，必有不得不來商議的緊急要務，爲的是什麼？和他碰面的又是誰？」裴行眞目光落在江縣令和吳行易身上。

吳行易瑟縮得更厲害了，衣袖顫抖……

「況且吳行易雖是自己最後一個離開灶房，和屠大二人前往地窖庫房取柴，但玄機也從屠大薛細口中得知，當中吳行易稱要去取油氈布和推車，確實耽擱了良久才回來，但他們並未多想，只以爲大雨難行，這才慢了些也屬尋常。」

卓拾娘腦子動得極快。「這個時間差，就足以讓吳行易名正言順且神不知鬼不覺地將姚大當家的屍首蓋著油氈布，推到灶房棄屍於大缸之中，而後再故作無事地回到地窨口與兩人會合。」

「是。」裴行眞點頭。

他倆一搭一唱，說得彷彿親眼所見，歷歷在目，吳行易渾身打顫，冷汗直流……

「小、小人冤枉，小人沒有……」

「可惡！竟有馬商膽敢和驛站之人內神通外鬼，偷天換日盜走馬匹，此乃驚天大案，本官必要上奏朝廷——」江縣令卻是在這時打斷了他，氣勢洶洶激動地朝長安方向一拱手。「將驛站內外好好徹查個清清楚楚！所有驛站之人一個都不能放過！」

江縣令此話一出，廚役們和王海、羅驛丞盡皆驚惶失色。

「縣令大人……」王海忍不住大喊：「我等竟讓人在眼皮子底下盜換走了驛

馬，固然有罪，可、可這幕後主使和下手之人才是眞兇！」

「事情已經水落石出，就是羅驛丞與其內弟勾結馬商鑄下滔天大罪，吳行易和胡大想必也是得了其中好處，才幫忙殺人棄屍……哼，不只如此，驛站諸兵怠忽職守，亦是證據確鑿，罪無可恕！」江縣令怒斥。

羅驛丞瘋狂搖頭嗚咽澄清，王海及廚役們也慌忙向裴行眞跪下磕頭，連連懇請他為眾人伸冤作主。

吳行易哆嗦著，也是跟著求饒，眼中卻有一抹平靜認命的蒼涼。

顯然，他早已做好心理準備，一旦事發，自己就是那枚可棄的棋子。

他們一家子的身契都在江縣令手裡，而奴通買賣，本就生死都拿捏在主人一念之間……

「江縣令也不必虛言狡辯，把罪過推到他人頭上。」裴行眞命眾人先起身，他則是似笑非笑地看向擺出了官威的江縣令。「我大唐凡經各州縣水陸關隘，皆要稽查行旅……姚姓馬商過所上也需蓋州縣印，他半年來一次，所攜人馬者眾，卻次次能通暢無阻，江縣令你這縣衙關防印，想必沒少在此人的過所上吧？」

江縣令冷笑。「裴大人說得是，可不見此人過所，便不能證明他是由我虞鄉縣水陸關隘進出的，說不定此人是翻山越嶺走了山道……」

「姚姓死者指縫殘留少許硬黃紙的細屑，我和裴大人本以爲只是做以契書之用，但我忽又想起，隴右道朔州核發之過所，用的也是可防蟲蛀的同款硬黃紙。」卓拾娘忽然開口。

江縣令呼吸一停。

卓拾娘皺眉道：「兇手搶走他的過所，定然也連同和其身分文牒甚或契書、綢衣胡靴等物，扔進灶膛內意圖燒毀，除了焚去他的身分證明外，也是不讓過所上的關隘用印露了馬腳。」

裴行眞讚賞地看了她一眼，眸底笑意愉悅。「卓參軍研判推演得十分有道理。」

卓拾娘被他稱讚得莫名有些赧然，定了定神才繼續侃侃而述：「咳，若下官推測無誤，不論死者此番究竟有沒有將契書帶在身上，但是在確定驛站殺人滅跡成功與否前，想必江縣令府上藏著的一式兩份硬黃紙契書，不會那麼快銷毀吧？」

江縣令臉色變了……

卓拾娘清冷目光銳利如劍。「江縣令若光明磊落無不可告人之事，那麼肯定也不介意裴大人批准我等前往縣衙府上搜查一二，還你清白吧？」

江縣令汗流如注，背脊顫慄……

吳行易跪伏得更低了，儘管不發一語，卻已難掩搖搖欲墜。

「卓參軍言之有理，」裴行眞鳳眸光彩湛然，嘴角微揚。「本官准了！」

「荒謬！荒唐！」江縣令咆哮起來。「本官不服！」

裴行眞目光落在吳行易身上。「對了，死者指縫留有痕跡，那麼和他大力搶奪下的兇手指縫內必然也有相同殘存的細屑，吳行易，你可敢將雙手示人查檢？」

吳行易聞言身如抖篩，下意識猛然將手掌往袖內藏去……

剎那間，所有人都看明白了——這是心虛不打自招了！

「還有勒死胡大的人也是你吧？」裴行眞冷冷道：「薛細說過，灶房忙碌，連你這個不諳庖廚的也得幫著揉油酥烤胡餅，油酥沾手若非用胰子仔細搓揉，是洗不乾淨的，所以你的指印也才會留在僞造胡大身上揣著的認罪紙條上。」

吳行易冷汗狂流，雙手哆嗦得更厲害。

「是眞是假，一驗便知。」卓拾娘上前一步。「還有，手握繩索勒人致死，指掌間必也會相同留下擦傷及繩痕，吳行易，你可敢把雙手向上露出，以證清白？」

吳行易肩膀背脊瞬間垮了下來，面如死灰……

江縣令大急，正要開口駁斥，就聽得裴行眞淡淡然道——

「吳行易，你若出首誠實相告，可以脅從犯視之，若猶執迷不悟爲主揹罪，殺人者斬，盜賣戰馬則夷三族，你得仔細想好了。」

——夷三族?!

吳行易猛然抬頭，面色慘然驚懼不已，而後想到了什麼，又絕望頹然地低下了頭。

「你一家子身契都在江府吧？」

吳行易顫抖得更劇烈了。

江縣令暗叫不好，正要開口恫嚇攔阻。「裴大人，你這是公然迫使他人作僞證——」

「王法公正嚴明，自會按罪懲處，」裴行真懶得理如秋後蜢蚱般蹦躂的江縣令，沉聲道：「況且就算撇開吳行易暫且不提，江縣令從踏入驛站灶房的那一刻起，神色舉止就露餡了，否則本官又怎會一下子便鎖定你與此案有關？」

江縣令臉色大變，惱羞成怒地憤慨喊道：「下官本就問心無愧，又何來舉止露餡，好教裴大人猜疑？」

「江縣令見到本官的第一眼，神態形容異常沉穩，渾不似一個七品下官見到或能左右自己官場前程的四品上官時，會有的正常緊張或激動、慌亂，就像是你早就知道這一天遲早會發生，而你也早就設想好如何應對。」

江縣令冷笑。「這同樣還是裴大人的臆測之詞。」

「你露出的馬腳還不只如此，人在撒謊、不安之時，面部或全身肢體都會有相應的自然反應，即便經過訓練或極力克制，也未能全部抹煞消除。」裴行眞道：「──你稍後提到，在知道驛站命案後眞是焦心如焚，也困惑著好端端地爲何會出人命……當時，你手摸了摸脖子，爲官之人一般會改去諸多不雅動作，但人在撒謊時，手不自覺摸脖子也是一種強迫行爲的反應。」

「可笑！」縣令大聲嗤笑，又開始習慣性地擺弄起了袖子。「裴大人所說的這些謬論，下官未所未聞──」

「擺弄衣袖則是代表著不安，在稍早前你聽我說已有人前往逆旅追查死者身分時，你雖口稱放心，實際上卻下意識地做出了這個動作……如同現在。」裴行眞指出，眾人的目光也不約而同盯上江縣令的動作……

江縣令擺弄袖沿的手勢霎時僵住了！

「在我請卓參軍舀水缸內的水煮薑湯假意請你們幾人喝來驅寒時，你聞言瞳孔陡然放大，是爲內心恐懼或憤怒的表徵，雖說你後來經諸多推託後，便假意心不干情不願地說出了胡大這個暗線，是他給你紙團說明死者被棄屍水缸，可胡大之死，想必也是你早就和那名兇手沙盤推演過，胡大在何時是可以成爲棄子的。」

江縣令面色僵硬泛白了起來，裴行眞語氣沉穩從容，字字句句卻像是親眼目睹了自己的盤算擬計設想……

「你太著急將我一軍，用圈套證明我這個突然出現在驛站的刑部侍郎，辦案立場和推判手段皆不可信，藉以將驛站命案攬回自己這個縣太爺的手中，畢竟『山鳥驛』確實在你轄治地境內，而我刑部未有實證或公文爲倚仗下，也是強龍不壓地頭蛇。」裴行眞氣定神閒一笑。

江縣令抽動了嘴角，想再出言譏諷，卻發現自己喉頭發乾得厲害，心臟驚跳如狂……

「所以你明知道水缸是棄屍之地，卻依然由著卓參軍煮好薑茶要一一分贈，而不出言反對或藉口推辭，你就這樣眼睜睜看著劉縣尉等人差點就喝了摻有屍水的薑湯，若非卓參軍與我有默契，存了心眼，頭一個端給的就是你，只怕現在劉縣尉等人……」裴行眞話意未盡，可在場所有人都聽明白了。

「縣尊大人好毒辣的心腸！」劉縣尉臉色慘白，隨即大怒。

張主簿也是氣得漲紅了臉。「大人竟然……半點不念我等盡心輔佐大人治理縣政功勞，如此陷害我等……險些就飲了屍水……嘔……」

葛仵作只恨自己身在賤籍，不能也跟著破口大罵這壞了心肝的縣尊大人一場！

「你們……你們居然聽信他人的胡言亂語，卻不信本官？」江縣令指著他們，渾身也不知是憤怒還是心虛地劇烈抖顫了起來。

回想方才到現在種種跡象和證據，劉縣尉等人自然不敢再輕信他了。

「抵賴無用，江縣令若還不認，縣衙前堂後院搜一搜便知。」卓拾娘看著他慌亂的眼神，越發肯定他應當未能及時毀去和馬商之間的相關契紙往來帳本。

也或許，是出自於貪心，還想著用這些契紙與帳本去勒索姚姓馬商的家人……不是閉嘴就是給錢。

契紙一式兩份，毀去了姚姓馬商那份，而江縣令手中這一份藏匿起來，等日後風平浪靜了，少不得下次還能再勾結另一名馬商，按圖索驥，照貓畫虎。

眼見江縣令被逼到牆角，辯無可辯……

裴行眞忽然轉頭對吳行易，語氣溫和道：「本官不要你誣告誰，只要你棄暗投明說出眞正實情，有罪者，自然自身難保，更遑論還能再遷怒發作誰，你仔細想想，是做爲脅從犯治罪，還是做爲主犯而夷三族……」

「裴大人……小人招……小人招了……」吳行易終於心防潰散，涕淚縱橫地磕頭。

眼見大勢已去，江縣令面色瞬間慘白若死……

◆

眞相終告大白。

死者姚帖爲隴右道朔州馬商，和江縣令攀上關係後兩相勾結，早在隴右之時便和江縣令治下的驛站以優良軍馬偷運回百里外的馬場配種，再以形似次等馬魚目混珠，烙上「出」字印混充之。

江縣令後來任滿平調至蒲州虞鄉縣，這筆生意便改到了「山鳥驛」……

所以他祕派其奶兄吳行易，繼續安排在驛站做這從中攏絡之人，並且讓吳行易收買了膽小唯諾的胡大做暗線。

吳行易雖是擔了酒後調戲女婢的名義，但江縣令依然時不時敲打羅驛丞，不得薄待他舊僕，正所謂打狗也要看主人，羅驛丞領會了江縣令的意思後，自然對於吳行易在驛站內種種行事多所遮掩。

再加上羅驛丞的小舅子會起了借馬走商的念頭，也是受了吳行易暗地裡鼓吹，還有江縣令的便宜行事，所以等同於將羅驛丞不知不覺中也拉上了這艘賊船。

羅驛丞心裡有鬼，自然也將馬槽及餵馬一事都交付吳行易，就連後院那排矮舍的鎖匙也給了……

驛兵們在前頭嚴守門戶，可有羅驛丞這個督管之人在後頭大開方便之門，更有江縣令在上頭一手遮天，故兩年下來竟然也沒走漏消息，至多只有幾個驛兵影影綽綽知道羅驛丞小舅子借馬的事，偶爾拿來嚼嚼舌罷了。

可誰知胡大日前在驛站當職中，無意間聽到那兩名爲河北道節度使送家書的兵閒談議論了兩句，說兵部駕部有傳言，要派人督察清查各地驛站馬匹，河北道也爲此雞飛狗跳了起來……

胡大生怕自己這最底層的小螻蟻先受牽連，趕緊私下傳言給吳行易，再由他火速密報江縣令，江縣令便匆匆決意設局誘殺姚帖滅口……

江縣令先是急信相招姚帖速來「山鳥驛」祕密洽談新契，姚帖不疑有他，果然攜帶舊契，按照慣例被吳行易自驛站後院小門引進矮舍。

沒料想姚帖等來的卻不是江縣令，而是吳行易下在茶裡的迷藥，他喝了之後陷入昏沉無力，只恍惚間感覺到吳行易緊張地探手入懷，像是要自他錦衣內袋中取走什麼……

姚帖身材健壯，吳行易又是頭次做這樣害人的事，迷藥效力尚未全然發揮前便迫不急待先搜東西，反令姚帖察覺到不對，因驚怒而掙扎反抗起來。

兩人在倒地爭奪過程中撕破了他貼身收藏的過所和契書，漸漸地藥效發作，姚帖扭打的動作逐漸變得緩慢虛弱，兇性大發的吳行易抓起榻上的軟枕便死命狠狠摀在姚帖頭臉上，直到他氣絕身亡……

可姚帖也拚著在最後一瞬力氣耗盡前，將銀指環塞進了氈席邊緣，期盼日後能有人發現。

吳行易將姚帖身上打眼的綢衣及胡靴一一剝了下來捲纏成團，將之和姚帖屍體一併鎖在矮舍內，而後狀若如常地到灶房幹活揉酥做餅，言語間暗示薛細注意到柴火不夠的問題，還偶然提及地窖庫房內好似舊日都會堆放些備用薪柴。

薛細不疑有他，便去了地窖庫房找柴，可因他身子矮小瘦弱，推車等物又慣常是由吳行易掌理，他便又回到了灶房。

因著過了飯點，正是空檔時分，三人便一同冒雨前往地窖庫房運柴，而後來發生的種種，就正如裴侍郎和卓參軍所推演研判——

殺人棄屍，焚去物證。

吳行易又供稱，之前若按照原定計畫，江縣令本安排要他在殺人後，一把火把屍體和案發現場的矮舍全燒了，可誰知三日前桐油遺失，柴房又被燒，他不敢在這敏感時節又放火，只得請示故主江縣令該當如何？

江縣令便改變計畫，讓他將人滅口後，便棄屍大缸中，故弄玄虛故布疑陣……等眾人發現屍首，報至縣衙，他再帶人前來驗屍，做出此人是混進驛站想偷食，卻不知為何墜跌入大水缸內掙扎中溺斃的假象。

這世上懸案多了去，只要死者身上找不出可證明身分之物，就能做無名屍處置，運至義莊後，由縣衙貼出告示讓人前來認屍，半月內無人來認，就按照慣例一具薄棺送去亂葬崗埋了。

一個隴右朔州的馬商，就此人間蒸發，埋骨異鄉……

至於死者腳上改套的烏皮靴，也是吳行易事前偷了羅驛丞小舅子的，做的便是兩手準備，若無人看穿也就罷了，可假若有人眼尖察覺到不對，循線追查之下依然會將殺人疑兇引導至羅驛丞和其小舅子頭上去。

可謂一石二鳥之計也。

至於胡大之死，也是江縣令下的滅口令，既然要斷尾求生，自然不會留胡大這個最微不足道的棋子。

在廂房中，吳行易趁人不備悄悄在胡大耳邊說了，讓他藉口方便到矮舍內碰面，說江縣令已經準備好了金銀細軟要給他，要他覷著人不注意就趕緊逃出驛站，帶一家老小走得越遠越好……

胡大太過天真，以爲江縣令當眞爲他留下了後路，誰知一進矮舍，等待他的卻是死路。

吳行易勒斃了胡大，僞造他的筆跡寫下「殺人償命」四字，而後將他吊在橫樑上，做出自縊假象。

只不過他們萬萬沒料到，「山鳥驛」居然會來了裴侍郎和卓參軍這兩號大人物，還不依不撓地驗屍追兇……短短半日內便破了案。

……眾人得知此案來龍去脈後，無不感慨嘆息。

商人逐利本乃常事，可把念頭動到了朝廷國之公器的傳驛馬身上的那一刻起，便也注定這就是一筆殺頭的買賣，眞眞是要錢不要命。

可最最可恨的當屬江縣令及其同黨，知法犯法，殺人滅口且意圖轉移罪證污衊旁人，實乃惡貫滿盈令人髮指，可終究也是要自食惡果的……

江縣令和涉案所有人等皆被下牢關押，裴行眞親自書寫上奏聖人告發此案，並請蒲州刺史派員前來接手料理餘下之事。

至於案發前柴房遭人放火一事，裴行眞也順手查了，詢問出那日正是松鎮里正之子和族中青年押送薪柴到驛站，常姓小吏又無故苛扣薪柴費不發，誣指他們送來的薪柴受潮難燒……實則是想刁難從中詐取銀子。

虞鄉縣地處偏遠，百姓多清苦，松鎮好不容易能搭上「山鳥驛」的薪柴買賣，便是屢遭刁難也只能忍氣吞聲，由著常姓小吏剝削一二。

可里正之子年輕氣盛，此番不願再忍，想著你誣賴我送的薪柴受潮難燒，老子就燒一個給你看看，好教驛站隆冬缺薪少柴，把你們這些王八羔子涷個死去活來。

他便索性暗暗偷了桐油潑了柴房，一把火燒了。

眾人救火之時，里正之子還假意熱切地幫忙提水，實則笑破了肚皮。

裴行眞看著最後錄完的陳詞案卷，忍不住揉了揉眉心……

兵部駕部確實也該好好糾查大唐全境一千六百二十有九所驛站了，驛站乃天下軍政通驛重地，光一個小小「山鳥驛」就這般污七八糟……若天下承平之時不理，待戰事一起，屆時兵惰馬缺，更將動搖國本。

「——裴侍郎，此案已結，卑職也該先行一步了。」卓拾娘背繫包袱，腰配長刀，面無表情地拱手行禮。

裴行眞抬起頭來，手中狼毫微微一頓。「外頭雨雖停了，可眼下天黑，路上定然泥濘難行，卓參軍何不再歇一夜，明日天亮再出發？」

「卑職職務在身，不容耽擱，告辭。」她禮貌一頷首，英姿颯爽瀟脫而去。

裴行眞有一絲慵懶地托著下巴，興味濃厚地望著迅速消失在黑夜中的肅殺挺秀身影。

如迎風傲立的青竹，又似嘯然出鞘的寶劍……

「大人？」玄機捧上熱茶，看見自家大人正在發呆。

「玄機，還記不記得這位卓參軍？」裴行眞嘴角微揚。

玄機一怔。「大人此前見過她？」

裴行眞沒有回答，只是意味深長地笑了笑，而後起身道：「準備一下，我們亦該動身了，總不能讓卓參軍隻身獨行夜路，那也太不體貼了。」

玄機嘴角抽搐了一下。「大人，卓參軍應該不喜有人結伴同行，您確定咱們跟上去，她會高興？」

「嗯，她應當不高興，不過你家大人我會很高興。」他笑得眉眼彎彎，越見俊美風流、蕩人心魂。

玄機無言以對。

不過自家大人這說是風就是雨的隨興不羈性子，就連裴老丞相和聖人都拿他沒法兒，自己這小小護衛又能怎的？也只能恭敬從命了。

裴行眞望向一旁偷笑的玄符。「你暫且留下，等蒲州官員前來接手案件後再跟上。」

玄符瞬間苦了臉。「大人……」

他最不喜跟那些個或油滑或古板的官員打交道，若依他想，幹架殺人可快活多了。

「走吧。」裴行眞鳳眼一挑。

✦

——冷月高懸，寒風襲面，卓拾娘策馬星夜疾馳，卻很快就發現有輛馬車和快馬緊跟在自己身後。

她警覺地回頭一瞥，見馬車簾子掀開，一只玄色衣袖和修長大手懶洋洋地朝著自己揮了揮招呼，還露出了一抹熟悉的英俊輪廓……

嘖！

卓拾娘不知道這位裴侍郎是吃錯了什麼藥，爲何也在夜裡趕路，只不過這條官道也不是她自家開的，當然無權管誰人過不過。

她不願多想，繼續夾緊馬腹輕輕一踢。「駕！」

胯下駿馬昂然長嘶一聲，神俊抖擻地如箭矢般疾射而去。

「眞是無情。」裴行眞卻笑得很是歡喜。

玄機策馬緊緊隨扈馬車上的主子，忍不住摸摸鼻子……大人興致眞好。

「這般日夜兼程，急如星火……」裴行眞放下了車簾，若有所思。「看來，我們趕赴的果然是同一樁案件。」

……**張生之死**。

第五章

張生名張極，容貌英俊，身長玉立，雖是家境普通的書生，卻飽讀詩書意氣風發，曾在旅居蒲州普救寺時遇兵亂，救了同寓寺中的遠房姨母鄭氏一家，並在答謝宴上對鄭氏所出的表妹崔鶯鶯一見鍾情。

鶯鶯表妹絕美出塵卻嚴守閨訓，端莊清冷，每每刻意迴避他熱烈的眸光和言語相邀，甚至曾出言喝斥他的輕薄唐突。

只是婢女紅娘後來幾番爲他從中穿針引線，巧言勸說，又替他倆月下傳書……後來，鶯鶯表妹終於被他打動芳心。

那一夜，兩人相約西廂下，終於濃情蜜意共枕席，做成了一對鴛鴦。

此後，他倆在人前依然表兄妹作稱，人後卻繾綣纏綿如恩愛夫妻，鶯鶯知他有青雲之志，也盼著他上京赴考完後，就能到崔家提親。

誰料張生落榜，大受打擊，可崔鶯鶯卻半點也不嫌棄，反而溫言婉轉鼓勵，依然癡心一片，想著能早日嫁給張生。

張生和表妹書信來往互贈信物，滿口深情，還許下日後種種承諾，只是久了以後也不免開始喜新厭舊……

他背地裡跟同窗好友們大肆渲染、漫談鶯鶯有多美艷多銷魂，對自己多麼癡情，但是這麼美麗的女人猶如褒姒那樣的妖姬，是會媚惑君王禍國殃民的，自己不過是一個平凡的男人，德行不足以抵抗這樣妖物，所以一定要和她斷絕關係。

鶯鶯渾然不知情郎變心，直到張生不告而別離開長安，她才知道自己被拋棄了，而且坊間已經也流傳著她不知羞恥，未婚就和表兄勾搭上的閒言碎語。

……一年後，鶯鶯遠嫁蒲州，張生也另娶新婦，只沒想到他和妻子旅經蒲州時，居然還撇下妻子偷偷前去鶯鶯夫家，託鶯鶯的夫婿轉告，說他這個表兄特地前來和表妹見個面敘舊。

可鶯鶯卻始終在內院不出，前後寫了兩首詩命人拿給張生，前一首詩說的是自己爲了他憔悴至今，已不願再見他，後一首詩則是表明要和他斷絕來往，請他還將舊時意，憐取眼前人。

當天收到最後一封詩後，張生悻悻然，忍不住在宿住的普救寺西廂中大發了一頓脾氣，新婚妻子上前好言好語寬慰，卻被面子上下不來的張生也吼了幾句……

妻子委屈含淚卻不敢再勸，只得離了西廂院，在小廝和女婢的陪護下，悄悄下山進縣城去買他最喜歡的羊肉饆饠，想著回來哄夫君開懷。

天色黃昏，妻子一行人好不容易蜿蜒上山，幸虧山門未關，他們謝過守山的僧人，回到西廂院落中……

誰想推門卻不開，原來裡頭上了栓，妻子張陸氏急急拍門也不得回應，眾人便慌忙請寺裡僧人們幫忙破門。

可門一撞開，燈籠一照，眼前的場景卻令張陸氏等人忍不住尖叫出聲，僧人們也嚇得頻頻口唸佛號……

只見張生朝天仰倒在床榻之上，胸口插了柄刀子，不知何時早已氣絕身亡。

佛門淨地卻出了命案，立時轟動了全蒲州！

況且此案甚為離奇令人不解，因為門是由裡頭落栓的，兇手行兇後究竟是如何逃離現場？

當晚，桑泉縣丞和主簿、仵作漏夜趕到普救寺西廂房，勘查後發現張生雖是胸口中刀，卻僅些微出血，甚是怪異。

「……門是由內而鎖，窗戶也是關著且落栓的，後頭便是一片懸崖，唯有飛鳥能渡。」主簿沉吟。「前院緊鄰著另一處院落，牆角倒有株杏花樹，若兇手藉著攀樹翻牆過來，可來到西廂門前也推不開從裡頭拴上的房門才是。」

「此案十分明白，死者是自盡而亡。」縣丞手上拿著的是原本散落在屍體旁的紙箋，上頭正是崔鶯鶯寫的那首決絕詩。

「仰倒床榻上自盡？」主簿愣了愣。「而且這刀……」

縣丞負著手來到，看著榻上張生的屍體，還有仵作拔出的那把形狀怪異的刀，自顧自研判道：「……張崔情事傳言甚廣，尤其在這蒲州，都成了茶館說書、戲臺子唱戲的風流話本子了；張生念念不忘舊愛，此番想要再續前緣，可卻遭崔氏斷然無情拒絕，說不定一時想不開，便在兩人曾經定情的西廂房，用此激烈的手段了結自己。」

主簿面色古怪，欲言又止。

縣丞睨了他一眼。「怎麼？汪主簿不這麼認為？」

汪主簿老實回道：「回縣丞，張生若是這般癡心之人，當初又怎麼會始亂終棄？況且他現在正值新婚燕爾，既然都已經另娶他人了，應當不會為了崔氏決絕詩便自盡的。」

縣丞哼了聲。「若非自盡，你又如何解釋屋中並無打鬥痕跡？」

汪主簿遲疑了一下。「現場雖無打鬥痕跡，但也不能證明沒有外人進入，和張生有所接觸，或起了爭執進一步憤而殺人……況且張生若是舉刀自盡，為何胸口僅有少量出血？」

「木仵作，驗屍的結果確實只有當胸一刀吧？你可還有驗出了旁的什麼？」縣丞一滯，有些下不來臺，索性冷著臉問仵作。

仵作是賤籍，過往向來是由斂屍送葬或屠宰之家的賤民擔任，只不過聖人即位，唐律頒布後，除令御史臺、刑部、大理寺為三法司，統掌天下刑名法典稽查審判外，對於大唐治下十道的各州縣司法刑獄也甚為看重。

總之，這年頭連仵作都不那麼好混了。

蒲州木仵作祖上都是幹這行的，也比旁的州縣仵作多了些老練的經驗，他將刀子仔細用粗布包裹起來，交給一旁的衙役。

接下來木仵作謹慎至極地翻了翻死者張生的眼皮子，掰開唇腔檢查舌頭，確認道——

「回縣丞，死者四肢冰冷，面色慘白而猙獰，應該是刀刃入胸之時，痛得厲害導致……七孔並無流血，指甲也沒青紫發黑的中毒跡象。」

「那為何心口出血量這麼少？」汪主簿追問。

木仵作理所當然，信誓旦旦地道：「刀刃奇特卻鋒利雪亮，瞬間刺中心臟，瞬息便死，而後刀身堵住傷口……出血量自然也少了。」

汪主簿總覺不對，可確實四周又勘查不出個所以然來，半晌後遲疑道：「或者我等還是稟告上官，請司法參軍卓參軍速回破案？」

卓參軍雖是女子之身，卻心細如塵、目光如炬，任職司法參軍以來屢破奇案，在蒲州可說是威名遠播。

只不過卓參軍半月多前告假離州辦事，至今尚未歸來。

汪主簿對卓參軍深有信心，可縣丞卻是向來看不慣這個卓拾娘。

一個女郎，不好好謹守婦道，找個男人嫁了，乖乖在家相夫教子侍奉公婆，還成天在外邊拋頭露面和男人爭鋒。

若是他家的婆娘，打也要打服了她，看她還敢不敢日日壓過男人一頭。

「蒲州還有男人在，輪得到一個女人指手畫腳瞎出風頭嗎？」縣丞見四下只有「自己人」，忍不住重重不屑地呸了聲。

「縣丞大人慎言——」汪主簿和木仵作慌忙想出言勸阻。

「門窗緊閉，四周無異狀，那張生就是舉刀自盡身亡的。」縣丞一甩袖子，大擺官威。「除非你倆還能找出什麼人證物證來，否則此案就做此論斷結案！」

被衙役攔在房門外的張陸氏哭得眼皮紅腫面色慘白，再忍不住哀哀求告：「大人，我夫君絕不是自殺的！求大人爲我夫伸冤，一定不能讓兇手逍遙法外……大人……」

「大人，我家阿郎日前才蒙獲舉薦，收下應聘文書，攜家帶眷準備前往晉州任典事，他怎麼可能會自盡呢？」女婢也哽咽道。

「是啊，大人，阿郎提起上任之事每每意氣煥發、精神抖擻，滿心熱切要一展所長，他是不會想不開的！」小廝也哭哭啼啼哀求道：「求大人爲我家阿郎作主，不能讓他白白遭人害了呀！」

汪主簿心下微凜，雖然典事一職乃流外五等的小吏，可任上若做得好，要升遷也不是難事，尤其若朝中有人，不消三五年就能博得個從九品下的中關丞當當……

如此說來，張生確實沒有自盡的動機。

縣丞聽張陸氏等人哭嚎鳴冤，鬧得人腦子發昏，尤其字字句句像是在直指他罔顧王法，胡亂斷案，不由氣急敗壞怒斥——

「胡鬧！本官可以理解妳深受喪夫之痛，不願面對事實，可命案現場確實沒有他殺痕跡，妳要本官如何爲妳夫伸冤？」

「大人——」

「沒有他殺嫌疑，妳要本官哪裡找來一個並不存在的兇手給妳？還是妳的意思是指，這普救寺中的大師僧人們起了殺念，拿起屠刀一念成魔，殺了妳夫君？」縣丞氣得胡言亂語。

「不，民婦自然不敢暗指兇手是佛門中人，只不過我夫橫死，其中疑點重重，大人都未曾盤問過寺中上下人等，甚至香客們有無異狀，就判定我夫是自盡的，」容貌秀麗的張陸氏被喝叱得先是一抖，而後滿面淚痕咬牙切齒。「大人……大人您貴爲縣丞，難道要就此草率結案？」

「刁婦！」縣丞聞言更是暴跳如雷。「本官明察秋毫，何來草率結案？妳這是污衊官吏，當號枷十日，杖二十——」

「好好好，縣丞大人好大的官威，民婦自是不敢違逆……」張陸氏臉色煞白，被女婢攙扶著，喃喃苦笑。

縣丞原以為本案就此定了，可沒想到張陸氏卻轉頭就改到蒲州府衙，去上告給錄事參軍事楊泉大人知道，甚至還驚動了孫刺史！

——蒲州治所桑泉縣轄內的普救寺發生命案自然非同小可，偏偏蒲州統領司工、司法等參軍的錄事參軍事楊泉和死者張生又是多年好友。

當年鄰州軍隊因軍餉不均起了變故，便生譁變騷動，四處掠奪至蒲州。正逢張生的遠房姨母崔鄭氏帶著一雙兒女暫住普救寺，崔家本就家財萬貫，在外人眼中那就是一頭無法自保的大肥羊，時時刻刻都會被撲上來狠咬一口。

亂軍得到了消息，便出發趕往普救寺想趁亂打劫，幸虧張生機警，便偷偷前去央求楊泉帶兵幫忙平亂。

如今楊泉職位調動，成了孫刺史麾下的統領，面對摯友無故命喪黃泉，他自然不會坐視不管，加上命案發生在普救寺，弄不好便是牽連甚廣……

孫刺史向來老辣沉穩，處事圓滑卻公正，案子若遞送到他案前來，他勢必是要查個清楚的。

而楊泉大人一到普救寺，行事份外雷厲風行，立馬就命人將張生屍首挪至府衙，並將案發現場的西廂房重重封起，以待後查。

被罵得狗血淋頭的縣丞不敢違抗，只得摸摸鼻子，自認倒楣地回去稟報縣令大人，讓此案移交刺史府衙。

話說回來，他也確實寧可拚著被上官罵幾句昏聵和辦案不力，也好過處理這等沒頭沒腦的「懸案」。

縣丞後來才得知，死者張生雖然出身不高，可他娶的妻子也是長安望族陸氏分支的女郎。

宗族勢力歷來龐大且盤根錯節，最爲護短，若陸氏宗族爲了面子派人前來爲族親女兒撐腰，他一個小小縣丞，恐怕還不夠人家一根手指頭輾壓的。

至於案件可能相關人之一崔鶯鶯，那就更難得罪了……

且不說崔鶯鶯娘家和張生有姨甥之親，便是崔鶯鶯的夫君程六郎，那可是官拜折衝府上品果毅都尉，乃從五品下，官階比自己甚至縣尊大上好幾級，更是惹不起的大人物。

左右數數，就沒有哪個是他和縣令大人問案拘拿得起的。

就在縣令和縣丞暗自慶幸這燙手山芋不在自己手上的同時，蒲州刺史府衙內的孫刺史，在聽了楊泉的案情稟告後，也撫著長鬚面露難色——

「……那麼，府衙仵作可有驗出屍首上有其他異狀？」

楊泉高大魁梧，眼眶微微發紅，面上猶有一絲傷痛，聞言拱手道：「回大人的話，仵作勘驗結果，依然下了同樣的結論……張生口鼻未出血，指甲也無青黑之色，沒有中毒跡象。研判當胸一刀確實是死因，而刀刃在體內堵住血管筋脈，未曾拔出，待人死後血液不再流動，自然出血甚少，也是合理。」

「所以張生亦有可能眞是自殺了？」

「不，決不可能是自殺。」楊泉搖頭。「下官和張生相交多年，他才華洋溢妙語如珠，胸有丘壑且心性強韌，並不會受了情傷便想不開。」

「哦？」

楊泉面色堅毅。「最令下官疑惑的也是這點，一個絕對不可能自盡的人，卻用當胸一刀這樣極致決絕的猛烈手段結束生命……這根本不是我認識的張生會做得出來的事。」

孫刺史沉吟。

「況且張生的右手，在當年普救寺求援一事中曾受了輕傷，雖然傷癒後不影響寫字作畫，甚至行篆刻等風雅事，可他卻再也提不得重物，敢問大人，他又如何能有那麼大的力氣自戕？」楊泉又道。

孫刺史目光一凝。「他右手受傷一事，除了你之外，可還有旁人可以證明？」

「回大人的話，此事張生親朋好友皆知，當時大夥還十分爲他慶幸，否則就算他再有滿腹經綸，殘者是無法科考，也當不了官吏的。」楊泉果決地頷首。「大人若不信，下官可以找出當初爲張生治傷的郎中爲證。」

「本官信你，但案件蛛絲馬跡和人證物證還是越發周全得好。」孫刺史提醒道。

「下官明白，明日就命衙役前去帶回那郎中佐證。」楊泉想了想，又道：「大人，下官還想起一事……若非習武之人，即便舉刀自盡，可在劇痛的當下，人也會本能畏縮，或停頓或收手，入刃周圍的傷口也絕不會這般筆直而深入，直至刀柄。」

孫刺史早年也是老兵油子，自然知道自己動手和他人行兇的傷勢和痕跡會有所區別。「確實如此。」

「張生是文人，所以哪怕是爲情所苦，一時絕望之下憤而揮刀想了結自己，他也沒有這個本事。」楊泉正色。「下手者，定然是個力氣極大，抑或是極恨張生的人，才能毫不猶豫地狠狠捅進他的心口。」

孫刺史撫鬚。「你推判的有道理，然而這一切都要建立在——張生的確不是鎖門落栓自盡的前提下。」

楊泉一滯。

終究還是繞回了這密室之謎……

可楊泉心知肚明，好友張生志向遠大，表面上看著倨傲，實則性情能屈能伸，誰都有可能會自盡，可唯獨張生是絕對不可能的。

固然，他也知張生於情感上風流恣意，和崔鶯鶯這樁舊年情事也確有道德上的瑕疵之處。

雖說男人風流並不是什麼天大罪過，反倒是和他私下相交的崔鶯鶯，在閨中就不能守住女子貞潔，更受眾人指責，閒言唾罵。

可還是有少數那麼幾個人，覺得張生此事做得不大厚道。

當初他百般哄誘崔家表妹和自己偷情，還將崔氏寫給他的纏綿情詩分給友人們點評……過後便始亂終棄，教表妹飲恨別嫁他人。

且既已事過境遷了，今番又要到老情人門前要求再相見，還特意帶著妻子住在當年他和崔鶯鶯偷情的西廂房？

……這不是欺人太甚麼？

楊泉嘆了口氣，也許，若換作他是崔鶯鶯，甚或是崔鶯鶯的夫君程六郎，恐怕想殺張生洩憤的心都有了。

只是想到往日和自己把酒言歡、志同道合的好友，卻因著私德有瑕、風流不慎而白白地殞落了性命……

楊泉心下不免又是一陣痛楚難當。

張極還有滿腔報國心，還有許許多多關於民生庶務的絕妙主張……誰知竟然無辜遭難，一朝身死壯志未酬。

他才僅僅二十有五，正是大好年華之時，又好不容易得了典事一職，卻死得這般不明不白。

——殺人的究竟是誰？又是如何下得了手？

難道此人就這麼恨張生，恨到不惜犯下殺人大罪，也非要了他的性命不可嗎？

楊泉眼中既是深深的迷惑，又燃起一抹高漲的怒火。

孫刺史雖年老，蒼眸中依然精光閃動。「你可查過所有相關可能涉案人？寺中僧人有無看見什麼可疑之人？或還有旁人同他結怨？這刀又是從何而來？能否從刀上查到出處？」

「回大人，此刀是雕刻所用的長印刀。」楊泉強自按捺下沸騰燒灼的憤恨，努力冷靜道：「想來是張生隨身攜帶之物，他擅長舞文弄墨篆刻，刻出的印章大氣磅礴，雕出的花鳥蟲魚偶人栩栩如生，皆非凡品。」

孫刺史眉頭糾結。

「據知客僧說，那幾日寺中正舉辦水陸道場，上香的香客極多，確實無法一一回想起有沒有生人入寺？」楊泉懊惱一嘆。「且在案發前，也沒人會想到佛門清淨之地，居然有人膽大包天敢行兇殺人。」

孫刺史頓了頓，眼神有些複雜。「那麼，爾等可去盤問過程府了？」

「下官稍早前便率領捕快去了程府問案，當日，崔氏和其女婢紅娘的確出了門，說是到書肆和裘衣舖子取貨，黃昏前便回府了，門房和管車馬的下人也皆是這麼說的。」

「書肆和裘衣鋪子可證實了她們的行蹤？」

「皆以證實無誤。」楊泉遲疑道：「下官正想再問，恰逢果毅都尉程六郎聞訊歸家，強勢將我等請離程府……」

他們至今種種只有猜測，並沒有足夠的證據，可懷疑或直指崔氏和張生的命案有直接關聯。

所以面對為了維護愛妻，怒火滔天咄咄逼人的程六郎，眾人自然也硬氣不起來，只得草草鎩羽而歸。

程六郎乃折衝府次官，在軍中頗有權勢威儀，楊泉即便身為一州統領六司的錄事參軍事，也不得不避其鋒芒。

就算那首張生緊緊捏在手上的斷情詩是崔鶯鶯所寫，就算張生當真是見了斷情詩才想不開自盡的，依唐律也判不了崔鶯鶯罪責。

還是得有真憑實據才行。

孫刺史沉吟。「凡可能涉案人員，繼續盤查詳細，密室、自盡、斷情詩、死者右手使不得力，兇器又是死者雕刻所用的印刀……這案子確實透出幾分詭異來。」

「喏！」楊泉拱手。「那程府那頭……」

「暗中派人盯緊程府，還有程六郎。」孫刺史心情有些沉重。「程六郎此人雖是折衝府府兵出身，卻向來英毅果敢，也隨軍打了幾場勝仗，是個正直剛烈的好漢子。」

……只是愛妻的舊情人找上門來，還口口聲聲要求會見自己的妻子，如這樣打臉的事，恐怕還沒有幾個男人能憋忍得住不發火。

「我只怕他會不會一時激憤……鑄下了錯事。」孫刺史長嘆。「但願不是，但願是本官想多了。」

楊泉面色嚴肅。「大人所言有理，程六郎是個武將，若當眞爲了報復張生，冒險攀爬萬丈斷崖而上，撬開窗子，一刀捅進張生心口，也當非難事。」

孫刺史蒼眉皺得更緊。

「可怪就怪在，房中並沒有任何抵抗或打鬥痕跡，那兇手想必是張生認識且不曾提防的熟人，而程六郎再怎麼說也是張生的情敵，兩相碰面，張生又如何不會多加戒備？」

孫刺史揉了揉眉心，想得頭疼。「是啊，程六郎有動機、有嫌疑，甚至有犯案的能力，但卻不符合案情推演……你可查過案發時辰前後，程六郎人在何處？」

「下官查過了，程六郎當時人遠在五十里外的折衝府，折衝府那日正在校演場上訓練府兵，程六郎責任重大，不可能冒著犯軍規的危險缺席。」楊泉沉聲道：「右都尉郭信和當日操練的府兵也證實，程六郎和他們一樣全程甲冑在身，操演廝殺，不曾離開過折衝府。」

這下又大大排除了程六郎的涉案可能性。

況且五十里距離不短，便是程六郎飛馬祕密潛行回桑泉縣殺人，而後再趕回折衝府校演場穿戴回兜鍪、明光鎧……又如何瞞得過眾目睽睽？

殺人大罪，折衝府上下如何敢爲他一人遮掩？

況依程六郎多年軍旅精明強幹之能，他想暗殺張生，大可以在張生離開桑泉縣前往晉州途中下手。

月黑風高夜，充作強盜攔路搶劫殺人，豈不是半點嫌疑全無？

孫刺史蒼眉皺得更緊了。「看來嫌疑人又回到了崔鶯鶯、女婢紅娘和張陸氏身上……或者張生有什麼政敵或仇人沒有？可曾與誰結仇結怨？他要去上任的典事一職，可是奪了誰的機運？」

行兇者動機不外乎爲財、爲仇、爲情、爲爭權奪利這幾樣，而這樁案子看著像是簡單，實則撲朔迷離，疑點重重。

「下官定會再仔細追查。」楊泉眼眶赤紅。

孫刺史見他如此，嘆了口氣，正想相勸幾句。

楊泉卻是愈想越發悲憤難抑，胸膛劇烈起伏，喑啞道——

「——張生雖然對崔氏當年舊情一事處置不當，可他是個性情疏朗豁達的熱心人，平素也頗有善舉仁風，在鄰里和友人間風評甚佳……無論如何，他都罪不及死，若眞死於他殺，那麼下官身爲他多年知交的好友，也決不會放過那個殺害他的兇手！」

孫刺史看著眼前咬牙切齒、滿腔義憤的楊泉……

他心念轉動，一瞬間便改變了主意，撫鬚道：「老夫曉得你與張生情義頗深，自然是不願見他死於非命而兇手逍遙法外，可正因爲你與他有私交，接手此案倒不恰當了。」

「大人！」楊泉大驚。

「你且把手頭上查到的相關案卷都整理封存好，」孫刺史心意已決。「如果不想草率將此案定以自盡論處，那麼單憑眼下蒲州，破得了這等懸案的也寥寥無幾……你放心，本官已經想好了請誰來斷此案。」

「大人是要等卓參軍回歸嗎？」楊泉心下有些不平。

孫刺史凝視著他，意味深長地道：「拾娘的能耐你也清楚，但本官自然不會只是由拾娘來查這椿案子……」

「大人，下官絕不會意氣用事，還請大人准許下官繼續插手此案。」楊泉一急。「下官保證，必定會以卓參軍爲首——」

孫刺史搖了搖頭。「也不只爲這個原因。」

「大人——」

「你莫忘了，折衝府隸屬十二軍衛府及東宮六率，非蒲州刺史府衙可單方面插手管轄，此案若查出崔氏涉有重嫌，而追查案件者又全是我府衙上下之人，程六郎便有藉口不肯信服，也絕不會坐視不管。」

楊泉一震。

「屆時若因著此案攪混了局勢，演變成州府和折衝府之間的政治鬥爭角力……你我誰都擔待不起。」

楊泉霎時被點醒，心下凜然，後背也汗涔涔地溼了一大片。

沒錯，各地折衝府和州府間本就地位巧妙制衡，平時井水不犯河水，可不代表就沒有互相衝突和忌諱之處。

尤其聖人重文治武功，大唐又是武力開國，各地軍事布防環環相扣，牽一髮而動全身……

若被一樁命案引燃了這火雷區，不說一、二人擔不起，就是搭進了整個州衙都難以平禍。

楊泉被激憤沖昏了的腦袋總算眞正鎭靜了下來，心悅誠服地拱手道：「還是大人想得縝密周全。」

「天下初定，聖人有治世開太平，令萬國臣服來朝之心，」孫刺史意有所指。「咱們做臣子的絕不能扯聖人的後腿，行事還是處處謹愼些爲好。」

案件雖小，卻關乎長安崔氏、陸氏、程氏和折衝府和蒲州府衙……不可不愼。

總要查個眞相水落石出，證據確鑿，才好叫人無可指摘。

◆

卓拾娘日夜兼程，在還有駿馬一日夜腳程的當兒又遇大雨攔路。夜路逢雨，她本想穿上油衣咬牙策馬一氣兒趕回蒲州府衙，可雷雨轟隆，連馬兒都受不住驚嚇亂踣……只好再驅馬回到方才路過的破敗山神廟。

山神廟內有火光明亮，外頭還有一乘眼熟至極的馬車，兩匹馬兒悠閒地在屋簷下躲雨吃黑豆餅，玄機正仔細地爲馬兒通身擦拭，連馬蹄都沒放過。

卓拾娘突然覺得自家的愛駒跟人家的一比，簡直是千金小姐和童養媳的分別……

「紅棗，阿姊有點對不住你啊！」她不由得面露慚色，摸了摸棗紅馬兒的大腦袋。

棗紅馬哼哧哼哧，晶瑩黑亮的大眼睛裡有那麼點兒幽怨……

她心下越發愧疚，低聲哄道：「回蒲州後，我讓阿渾給你炒最好的豆子吃好不？」

棗紅馬紅棗向來靈性，自然聽得懂主子說話，聞言興奮地跺腳腳。

「卓娘子，不嫌棄的話，入內一同躲雨如何？」高大挺拔玉樹臨風的裴行眞閒閒地靠在廟門畔，笑意吟吟。

卓拾娘腦中忽然浮現不合時宜的四個大字……

「倚門賣笑」。

哎，想偏了想偏了。

不過裴侍郎確實生得極好，濃眉鳳眸，身姿卓爾意態風流，難怪是長安女郎們心之所向的頭名乘龍快婿人選。

就是活得太精緻了，衣上還薰了名貴的香，還眞不是普通人家養得起的。

卓拾娘搖頭嘖嘖兩聲，豪邁地摘下斗篷帽笠，牽著紅棗大剌剌往簷下一擠。

「讓讓，多謝。」

那兩匹馬兒不高興地打了響鼻，可在玄機手上還是很快恢復溫馴，倒是裴行眞看著棗紅色馬兒一副「老子來了爾等還不閃邊」的王霸模樣，笑容不禁越發燦爛歡快。

物隨主形……果然什麼樣的主子就有什麼樣的坐騎，還眞沒錯。

「卓參軍，我來吧！」玄機想接過她手中韁繩。

「好，有勞。」她也不扭捏客套，拍拍紅棗的馬脖子。「聽這位哥哥的。」

玄機難掩欣賞地看著體健腿長神駿非常的棗紅馬。「卓參軍這馬種像極骨利干部落的奔虹赤……」

「玄機大人好眼力，紅棗正是當年衛國公送給我阿耶的奔虹赤所生出的馬崽。」

她訝異，有一絲佩服。

「咳。」懶洋洋靠在廟門邊上的裴行眞重重一咳。

玄機心下咯登了一下，忙欠身拱手行禮。「大人。」

「卓參軍和我的護衛相談甚歡哪！」裴行眞眸光深邃，語氣卻有那麼一點兒酸溜溜。「都不餓麼？」

卓拾娘對於辦案和當差外的事情一向粗枝大葉，也沒察覺出裴行眞有啥異狀，只是聞言下意識摸了摸自己的肚腹。「嗯，餓了。」

裴行眞目光落在她清冷板正的小臉上，沒來由心下一軟。「我烤軟了胡餅，還有熱騰騰的胡椒臘肉湯，可泡餅吃，暖暖身子正好。」

她呑了呑口水。「嗯，那就叨擾了。」

裴大人不愧是坐臥起居都是一派名門世家風範，就連荒廢許久的山神廟，都能被收拾出一方乾淨，壞了大半的柵欄被劈成柴燒，壞了只腳的矮案擦拭過後墊穩了，上頭一一擺放著自馬車上挪過來的茶盞、茶碾等物，黃釉小風爐，爐上是茶釜……

茶釜裡正沸騰翻滾著剛剛煮好的茶，內中由桔皮、姜、茱萸、薄荷和棗的香氣混合著茶葉香蒸騰而上，辛辣而香甜，又隱約透著清新之息。

她忍不住深深吸了一口氣，但下一刻又立時被另外架在柴火上的一鍋鹹香肉味四溢給吸引了去。

還有圍繞在柴火堆旁斜插著的一支支樹枝串著的金黃色烤胡餅，更加引得人食指大動。

看著她直勾勾盯著胡餅，裴行真淺淺笑了起來，心底掠過一抹異樣的喜悅。

原來……她喜歡吃的。

「卓娘子，來，別客氣。」他眉眼彎彎，含笑招呼。

拾娘猶豫了一下，想了想。「裴大人稍等，我去去就回。」

「卓娘子？」他迷惑地看著她又轉身往外走。

不一會兒，只見她從棗紅馬身上掛著的羊皮囊袋中取出一物，而後大步來到了他跟前，一遞——

「給！」

他接過，打開那只封得紮實的小陶罐……剎那間醇厚酸香撲鼻而來，令人瞬間頰生津液。

「好香……這是？」

「這是我們老家祕製的茄蒜醬。」她面色慨然地道：「裴大人請卑職吃胡餅，卑職請你吃茄蒜醬，這醬捲在烤得外酥裡嫩的胡餅裡格外美味，幾乎跟吃肉的滋味一樣好。」

「多謝卓娘子。」他笑眼裡似有星光閃動。

她被他盯得有點不自在。「彼此江湖救急，沒什麼。」

話說，他怎麼不喚她卓參軍了？這娘子娘子的……她聽得好生彆扭。全蒲州就沒幾個叫她卓娘子，她整日跟一幫老爺們粗漢子爲伍，有時還眞忘了自己是個女的。

「趁熱吃，小心燙。」他體貼地爲她取下一只熱呼呼的烤胡餅，還幫她舀了一碗湯。

「多謝。」她瞥了外頭還在刷馬的玄機一眼。「不等等他嗎？」

裴行眞忽然覺得手裡那罐茄蒜醬好似又多了點子酸酸的味兒……摸摸鼻梁微一定神，抬頭對外頭的玄機叫道：「先用飯，莫讓卓娘子餓著肚子等我們，太失禮了。」

「我倒不是這個意——」她眨眨眼。

玄機本來還識趣地打算在外頭跟馬兒們廝混久些，可大人召喚，他也只得硬著頭皮蹭進來。

「喏。」

一時間，三人安安靜靜地捲了茄蒜醬烤胡餅配著胡椒臘肉湯吃喝起來，只聽得柴火嗶嗶剝剝燃燒聲響……

美食熱湯入腹，剎那間暖身又暖心，彷彿連外頭轟隆隆的雷雨也被隔得極遠極遠。

「卓娘子老家的祕製醬果然酸香鮮美，甚爲解膩。」裴行眞吃罷，先後爲拾娘和玄機添了碗茶，而後自己也慢慢呷飲，愜意地長舒了口氣。

「裴大人飯做得好，茶也煮得好。」拾娘老實眞誠地讚道。

……嗯，比她厲害多多了。

「卓娘子著急趕路，裴某發現妳好似未曾下馬飲食過？」

「行伍之人，行軍打仗在馬上吃喝慣了，」她不以爲意地擺了擺手。「乾糧清水幾口就能解決，方便得很。」

他凝視著她冷豔卻隱約風霜的小臉，溫和問：「卓娘子不覺得苦嗎？」

自己在長安見過的名門貴女也好、小家碧玉也罷，再爽朗大氣也十分注重衣食妝容，縱使只有三分容貌也能描繪出七分艷麗，更是食不厭精膾不厭細，連用完飯漱口的都是薄荷熬出的汁子兒的水……

他就沒見過如同她這般粗豪磊落的女郎，席地而坐，暢飲大嚼，看著怎麼也不像個小娘子家家的，可卻有一股說不出來的灑脫疏闊味兒，令人隱隱心神震蕩。

「苦啥？」她一臉莫名其妙。

「風餐露宿，霜刀雪雨，便是連頓飯都不能好好吃……」他英俊深邃鳳眸裡有著一縷憐惜之色。

「我倒覺得這樣好生自在。」拾娘喝了一口辛辣酸甜的煮茶，忽然想念起她的燒刀子了。

雷雨隆隆寒氣逼人，若是能在此時灌上那麼兩口熱辣辣得能直接燒到肚腹裡的燒刀子酒，該有多過癮！

只可惜一路忙於奔波趕路，又被大雨留在了「山鳥驛」兩日，案件緊迫，她無心也無暇在途中行經的野店裡打一壺酒帶上，現下只能跟這一碗長安盛行的煮茶乾瞪眼。

「卓娘子真是與眾不同。」裴行真笑嘆。

拾娘咕噥。「不比裴大人的風雅。」

他噗哧一笑。「卓娘子這是在消遣裴某，身處荒野還窮講究？」

拾娘有點心虛，低頭又喝了口對她而言滋味古怪的煮茶。「咳，那倒也不至於，人各有志嘛。」

裴行真眼底笑意越深了，嘆道：「卓娘子真乃性情中人，外表清冷耿直堅韌，內心實則柔軟纖細，靈巧敏慧……裴某是十分佩服的。」

拾娘呆呆地看著面前言笑晏晏的裴侍郎，對著自己這麼一個行事三大五粗的，他居然也能誇得這般流暢自然，說得好像是真的？

如這般見人說人話、見鬼說鬼話的境界，是阿耶和孫刺史不管三申五令多少年，自己怎麼學也學不來的上乘本事。

她心下不免好生敬佩，忍不住腦子一熱，脫口而出——

「裴大人睜眼說瞎話誇人的本領，卑職也是十分欽服的。」

「……」裴行眞溫柔似水、爾雅翩翩的笑容頓時一僵。

……小娘子，還能不能好好兒地聊天了？

一旁的玄機捧著自己那碗茶，早就求生欲滿滿地溜到外頭和三匹馬兒作伴去了。

那個，還是外頭安全些。

第六章

桑泉縣南城一處小院中，暫時租賃落腳於此的趙陸氏正在燈下，默默抄寫著四甘露咒。

儘管趙陸氏面色憔悴，依然難掩通身上下大家閨秀的端莊溫婉，一筆簪花小楷工整清麗，足見功底。

女婢阿廉端來了一盞蔘茶，心疼地道：「娘子，您也該歇會兒了。」

趙陸氏手中狼毫一頓，苦笑道：「阿廉，我抄經不只爲了夫君，也爲靜靜心。」

按理說，這抄經當是該在佛前抄更爲虔誠靈驗，可她們在普救寺原來借宿的西廂已成命案現場，如今被官府暫時查封，就連僧人們都格外謹言愼行，在命案尚未水落石出前，一貫大關山門，不接待香客。

如今她另外賃了院子，雖說處處不便，但也好過日日對著那諷刺至極的西廂……受剮心之痛的好。

成婚不到半年的夫君，赴任途中路經蒲州，還將她這個新婦帶到他曾經同崔鶯鶯私通的普救寺西廂院住下，他究竟是爲了懷念崔氏舊情？還是故意在打壓羞辱她這個新婦？

張陸氏不敢深入去想，可這根刺卻是牢牢地釘在她心口，稍稍碰一下都能疼得渾身顫抖、血流如注……

阿廉嘆息道：「阿郎在九泉之下若知道您這般自苦，他定然也會難過的。」

「他會難過嗎？」趙陸氏嘴角掠過隱約苦澀和譏諷。「若今朝死的是我，只怕夫君也只會掉幾滴眼淚，而後轉過身又繼續風花雪月罷？」

「娘子，您切莫這樣想……」

「阿耶阿娘總說，夫君思慮深遠、胸懷遠大，日後定然不是泛泛之輩，當能在朝堂有一足之地，至於當初和崔氏那轟轟烈烈的情事，也不過是男兒年輕之時血氣方剛的一時風流罷了，不值一提。」

阿廉小心翼翼地道：「恕奴多嘴，可奴看阿郎待娘子還是關懷備至的，知道娘子喜歡吃酥酪澆櫻桃，每日回府前都不忘去春映樓給娘子捎一盞回來，夜裡怕娘子貪涼怕熱，常常親自爲娘子搧扇子，還雕了對兒穿婚服的小人偶們送給您……那容貌維妙維肖，一臉恩愛歡笑，正是您和阿郎呢！」

張陸氏鼻頭一酸，淚水隱隱懸在眼眶。

若非如此……若非如此她也不會此刻心頭愛恨苦痛、糾結難分，既念著他的溫柔繾綣，又恨他的多情自大。

阿廉輕輕嘆了口氣。「依奴看，世間男子多如此，家花雖好，可野花更香，尤其阿郎平素往來的都是些文人雅士和官吏子弟，到那些個秦樓楚館喝酒吟詩暢談天下事，附庸風雅、招招歌伎什麼的也屬平常，可日常回到府中，阿郎對娘子已是萬般體貼了。」

「這樣就足夠了嗎？」張陸氏嗓音低啞。

「可這世道本就對女子不公呀。」阿廉不忍自家娘子鑽著牛角尖出不來，只得狠了狠心道：「娘子，不糊塗些，又能如何？」

況且，世人誰不苦呢？

便是她們這樣世世代代服侍主子的家奴，若遇上了善心的主子，日子還能好過些，可若遇上心性暴躁的主子，被打死被發賣也不稀奇，連告官喊冤都沒處說去，又如何不苦？

阿廉知道自家娘子自幼熟讀四書五經，琴棋書畫樣樣拿手，在未出閣前也是長安春日遊，足風流的嬌貴女郎之一，打起馬球來甚至比男子還厲害，並不是那種唯唯諾諾沒有主見的小娘子。

可再驕傲再妍麗的小娘子，一旦嫁爲人婦後，便不能由著性子來了，得守婦道規矩，得掌管中饋打理下人，還得爲了夫君和婆家，與世族命婦們酬酢交好……

別說夫婿在外頭尋花問柳逢場作戲，便是想納妾，身爲主母也得爲夫婿操持起來，否則便是氣量狹窄容不下人，甚而阻撓夫家子嗣綿延。

相比之下，娘子嫁與阿郎都是下嫁了，也得遵循世情，處處低頭。

這，便是世道，便是世情啊！

現下阿郎不幸遭難離世，娘子又得背負著喪夫之痛和流言蜚語的指責，說她命中剋夫什麼的，便是再不理會這些閒話，可日後娘子處境依然是舉步維艱……所以如若自己不想開些，難不成還眞要把自己憋屈死嗎？

阿廉是一片眞心爲自己的主子好，否則也不敢甘冒被喝斥責罰之險，做這苦口婆心之人了。

「阿廉，妳勸我的，我都知道。」張陸氏落淚，輕輕握緊了貼心女婢的手。

「娘子……」阿廉也感動地紅了眼眶，囁嚅道：「娘子能想開便好，只是將來……您想好怎麼過了嗎？無論如何，奴總是跟著娘子的。」

「如今夫君已不在了，過往恩怨愛恨不斷也得斷，張家亦非我歸宿，只盼阿耶和阿娘不嫌棄我歸家……」張陸氏低低道，水靈的眸子淚水點點瀅然，「再不濟，我便遁入空門青燈古佛，了此殘生便是。」

「娘子萬萬不可——」阿廉嚇住了，淚汪汪地勸道。

張陸氏搖了搖頭。「眼下先不說這些了，日後……那也是日後該愁的事，如今我只願夫君的命案早日水落石出，兇手能落網成擒，也好告慰夫君在天之靈，夫妻一場，這是如今我唯一能爲他做的。」

阿廉心一酸，努力安慰道：「有楊大人在，一定能很快爲阿郎申冤作主的。」

張陸氏目光落在面前的紙卷上，幽幽然道：「確實萬幸，有楊大人，阿郎必然不會白死的。」

✦

而在桑泉縣城東一隅的程府，卻是雕樑畫棟，燈籠高懸，亮堂堂明晃晃出好一派富貴氣象。

崔鶯鶯的夫婿程六郎本就是蒲州世家子，家中住的是四進的寬闊典雅宅院，亭臺樓閣迴廊如曲，家資頗厚更是奴僕如雲。

只不過鶯鶯向來喜靜，所以自成親以來，身邊還是只有紅娘一個女婢貼身服侍，其他的陪嫁和程家的女婢，多在二門外聽候吩咐，極少能入內侍候。

程六郎是個英氣湍飛騎馬打仗的武將，性情豁達粗豪，對嬌豔如神仙妃子的妻子卻是體貼入微，視若珍寶。

妻子在經歷早年舊事後，時常鬱鬱寡歡，也不愛出門和旁的武將夫人打交道，鎮日關起門來，在內院中塡詩作畫，調香弄琴。

程六郎對此非但不生氣怪罪，反倒越發憐愛疼惜鶯鶯，每每想方設法托人從長安弄來上好的香料和名貴紙箋，甚至花費重金購得有「黃金易得，李墨難求」之稱的徽墨，專門給妻子寫詩用。

儘管親友鄰里間總有那樣眼紅忌妒的人，總愛到他面前叨叨碎唸提醒——說什麼鶯鶯當年和張生可是一雙詩畫唱和、戀戀情深的才子佳人，如今卻嫁予了他這樣的大老粗，定然是話不投機居多……

還說什麼要他千萬別那麼挖心掏肺，浪擲千金只為博美人一笑，武將攢軍功聚身家不容易，可莫為了一個女人就全填了進去云云。

程六郎聽不得這樣的話，總是當場就大發雷霆起來！

他程六娶妻就是要給娘子過上豐衣足食快活自在的日子，鶯鶯都不嫌棄他只是個粗略文墨，成日只會舞刀弄槍的武人，他給自家愛妻買點東西又怎麼了？又礙著誰了？

——總之，老子樂意！

好事的親朋好友們被他痛斥得面色羞愧，最後只得摸摸鼻子龜縮回去，不敢再多嘴，後來也只會暗悄悄私下議論，說程家六郎這是山豬拱著了嫩白菜，可不正稀罕著嗎？

將來日久天長方見眞章，這世上哪，就沒哪個男人不介意自己的女人和旁的男人不清不楚過。

程六郎才不管那些個鎮日嚼舌，見不得人夫妻恩愛的狗東西，他甚至親自把府中所有管事奴僕全給叫了來，狠狠地訓誡叮囑了一番，務必要服侍好夫人，也別叫外頭的風言風語傳入內院，擾了夫人。

若有誰惹得夫人不快，就一家子全發賣了出去，他程六郎說到做到！

「……娘子，阿郎對您真好。」紅娘知道了後，忍不住偷偷地告訴了鶯鶯，眼底難掩深深的艷羨。

鶯鶯清麗如玉的小臉上有抹複雜的異色，低下頭用小銀夾拈起了一片沉香餅子放進香爐內，注視著那沉鬱香氣隨著煙霧裊裊而起，輕輕地道：「別多嘴。」

「奴這怎麼叫多嘴呢？」紅娘笑嘻嘻道：「奴可都是為了娘子著想，也是為娘子您高興呀，這世上女子盼的不都是能一個好歸宿嗎？阿郎對娘子這般情深義重，比起張家阿郎可有擔當多了。」

鶯鶯一震，面色驀地慘白起來，砰地將小銀夾往檀木矮案上一拍。「住口，莫再提起他！」

「娘子……」紅娘一驚，先是有幾分氣弱膽怯，可隨即又有些面子下不來，紅著眼眶道：「娘子這般喝斥奴，未免也叫人心寒了，奴陪著娘子經歷這些年風風雨雨，從來都是擋在娘子面前的，寧可自己吃苦受罪，也不願娘子受半分委屈，當初……奴還爲了娘子，被老夫人罰了三十板子，在床榻上躺了大半個月，娘子這些都忘了嗎？」

「妳……」鶯鶯心口一窒，澀然地道：「我何曾忘了？可我既已出嫁，是程家婦了，過往種種，如舊夢雲煙，我不願再想，妳也別再提起……那個人，已然與我無關了。」

紅娘咬著下唇，嬌美的小臉有些晦暗。「……奴知錯，往後不再失言也就是了。」

只是她自小服侍鶯鶯，自恃和鶯鶯最是親近，當年也是藉由她的穿針引線巧言慫恿，這才讓鶯鶯和張生在月下西廂成就好事，圓了「心願」。

所以她嘴上雖然不說，心裡一直覺得自己可是居功甚偉。

雖說，可惜娘子和張生最後有緣無分，娘子也因此大受情傷，鬱鬱至今，她見狀本來還有些自責的，可萬萬沒想到，娘子轉頭又能嫁與了蒲州世家武將程六郎，依然過著風風光光，備受嬌寵的好日子。

紅娘既羨慕又忌妒，心頭又隱隱有些不快。

娘子……未免太幸運了，出身不俗，容貌奪目，出嫁前過著錦衣玉食的生活，唯一受挫的便是和張生那段舊情，可雨過天晴後，又得六郎這樣的好夫婿，幾乎是將她捧在心裡怕摔了，含在嘴裡怕化了。

這人比人，眞眞是氣煞人也。

不過許是老天也看不過眼自家娘子的順風順水，今番才讓張生又在到任途中路經蒲州，打著表兄的名義上門來求見娘子……

但紅娘怎麼也沒想到，娘子居然斷然拒絕了和張生相見，就連程六郎也沒有因爲這件事而遷怒娘子，反倒還對娘子寬慰再三，甚至幫忙代爲轉傳娘子要給張生的斷情詩。

紅娘打出生起，就沒見過像程六郎這樣心胸寬厚、寵妻若命的好男兒。

當初她看著哪哪都好的張生，和六郎一比，簡直被比到塵埃底去了。

只是話說回來，這世上的命運也忒捉弄人了，張生居然命喪普救寺西廂房……

紅娘腳底竄上了一陣陰冷寒氣，小臉駭然地慘白了起來。

普救寺……西廂……

——為何偏偏是死在那兒?!

她焦慮顫抖地摳著漂亮粉紅的指甲縫兒，心頭怦怦狂跳……想起了那日府衙來人查問的事，越發惴惴難安。

紅娘心知肚明，那一天她是陪娘子一同出去，可也不是全程和娘子寸步不離的……

紅娘打了個寒顫！

不不不！此事都已經過了，六郎也警告過全府上下，斷然不能在衙門來人前胡說八道什麼，若帶累了鶯鶯娘子的清譽，仔細人頭落地！

況且娘子自幼嬌弱楚楚，身子本就不好，再加上經過了那事後，常整夜整夜地睡不著，身子骨都被掏空了大半，若非嫁入程府人蔘燕窩日日補著，恐怕每月都有大半個月得臥床養病。

這樣的娘子，又怎麼可能殺得了張生？何況，娘子也捨不得呀。

「紅娘，娘子可用完夕食了？」內院管事娘子譚婆捧著帳冊而來，卻見紅娘神色不定地佇立在門口，不知在發什麼愣。

紅娘死命吞下了一聲驚惶的尖叫，回過神來後對著譚婆強笑道：「娘子昨夜沒睡好，今兒一整日胃口也不佳，現下還歇著，婆婆想稟事，還是明日再來吧。」

譚婆對於娘子身邊這個掐尖要強，經常越俎代庖的女婢印象並不好，可她是娘子陪嫁進府中的貼身女婢，正所謂打狗也要看主人，是好是歹，譚婆也不能越過娘子這個主母代爲訓斥。

但敲打一二還是必要的……

「府中的規矩是五日一稟，老婆子既然領了管事的差使，就不能陽奉陰違，私下想著自己怎麼方便怎麼來，」譚婆意微微一笑，意有所指。「儘管阿郎和娘子平素是給了我幾分體面，可老婆子自知身爲下人，是萬萬不能代主人做這個那個主的。」

紅娘小臉瞬間難堪地漲紅了。「譚婆婆這話是什麼意思？奴幾時想代娘子作主了？不過是奴服侍娘子多年，熟悉娘子的坐臥脾性，怎麼到婆婆口中，反而是奴肚裡藏奸了？」

譚婆目光低斂，姿態端正。「老婆子不說旁人，只說自己這片心。」

「妳——」向來嬌俏潑辣的紅娘對上了綿裡針似的幹練譚婆，一時氣結，卻也拿捏不住她的話柄來大做文章。

「阿郎前幾日匆匆回府，便是爲娘子撐腰做倚仗，」譚婆眼神銳利。「老婆子雖然年紀大了，老眼昏花，卻也看得出只要娘子好，阿郎就好。」

紅娘氣急敗壞。「我是娘子的心腹女婢，向來只有巴望娘子好的——」

「既然都是盼著娘子好，咱們就切忌莫越過娘子回話。」譚婆面上守禮自持的笑容卻絲毫沒上升到眼底。「妳說是吧？」

紅娘咬牙，還是只得強自忍下了。「自然是這個道理……婆婆且在這兒等一等，奴這就進去稟報娘子一聲。」

「有勞紅娘了。」譚婆笑吟吟。

✦

紅娘腳步有些重地進了內屋，繞過檀木雕花石榴屏風，看見崔鶯鶯正斜靠在榻上低頭繡花，宮紗燈映照出她清艷無雙的雪白臉龐，恍若像一幅嫻靜仕女圖般觀之動人……

紅娘心下亂糟糟的，也說不上來是何滋味，靜默了幾息後忙脆生生笑道：「娘子入夜了還做女紅，仔細傷了眼。」

崔鶯鶯聞聲抬起頭來，手中的針停頓在了青綢布面的勁松上，嗓音婉轉清雅如山泉泠泠，只隱約透著一絲沙啞疲憊。「外頭誰來了？」

紅娘本還想故意冷一冷譚婆，好叫那老婦在外邊站僵了腿兒，知道自己的利害，可沒想到自家娘子卻聽到了聲響——

「……娘子，是譚婆婆來了，要跟您稟事呢！」

「請她進來。」

「娘子，都快戌時了，您夕食也沒用上幾口，可見這幾日操勞太過了，打理府中的庶務又何須趕在這時？」紅娘嘆了口氣。「表……的事，奴知道您心頭正亂著，譚婆雖是府裡的管事嬤嬤，卻也太不體恤娘子了，不過幾本破帳本，非就得夜裡還拿來擾您嗎？」

崔鶯鶯纖纖素手不著痕跡地緊了一緊，低聲道：「不得胡言，譚婆是夫君府中用慣了的老人，平時最是謹嚴穩重，況且她來也是爲了正事，妳去迎進來吧！」

「喏。」紅娘撇了撇唇，還是乖乖依言去把譚婆帶了進內室。

譚婆一入內便恭恭敬敬地向崔鶯鶯行禮。「老奴見過娘子。」

「紅娘，去幫譚婆婆煮碗茶來。」鶯鶯輕輕一頷首，對紅娘吩咐道。

「奴這就去。」紅娘退下，藏住了滿心的不甘願。

自家娘子是個面色清冷時則耳根子軟，否則當年也不會在她的拱促和張家阿郎幾番糾纏後，便心軟地把一腔情思和冰清玉潔的身子全託付了出去。

雖說和程六郎成親這些時日以來，娘子總是怏怏不樂居多，也鮮少在程六郎面前展露笑靨，但六郎待娘子這般有心，便是連塊石頭都能捂暖了。

此番張生命案之事，六郎又宛若蓋世英雄般擋在娘子面前，把娘子護得牢牢的，紅娘能察覺得出來，娘子對此是深受感動的。

這不，往常最懶怠掌管的中饋庶務，娘子居然都願意主動接下了。

紅娘不知為何，心裡對此隱隱不痛快……

「真真是看似最有情，實則最薄情的。」紅娘哼了聲，暗自喃喃。「明明那時還為張家阿郎尋死覓活，可現在見人沒了，也就撒開手了。」

也是，六郎和張家阿郎相比，也不過是勇偉粗豪了些，怎麼說卻也是蒲州折衝府響噹噹的二把手，有錢又有權……

娘子會變心，也是意料之事。

紅娘到外間小茶室煮著茶，一一把桂皮、薑蔥等物丟進沸騰的茶湯中，看著自己一雙玉蔥般的手，也不比娘子遜色粗糙幾分，可偏偏一個在天上，一個在塵埃底。

……明明，她曾經只差一步就脫離奴兒的身分了！

紅娘忿忿然地將茶蓋兒砰地一拋，俏麗小臉上依稀劃過一絲猙獰憤恨。

◆

拾娘風塵僕僕地趕回了蒲州，連家都未曾回就先到府衙報到。

寬敞巍峨的府衙門口正停著輛眼熟的馬車，而親自站在門前恭身迎接馬車中人的蒼老壯實身影，不正是孫刺史嗎？

不只孫刺史，幾乎是全府衙的人都排排列隊在此……

拾娘眨眨眼，心下有些震撼，直到此刻她才真正領會到刑部左侍郎裴行眞在朝中的「份量」。

她摸摸下巴……

唔，若早知今日陣仗這麼大，她就先回家吃頓熱熱的羊肉鍋子，痛痛快快地洗個澡，等府衙門口這波熱鬧消了後再過來就好了。

畢竟是長安來的大官，按照慣例刺史大人是得擺宴接風洗塵的，就算裴侍郎此次是爲了辦案而來，也沒有那種求上官來查案，卻連口熱飯都不給吃的道理吧？

可拾娘最不耐煩官場上這些「客套交際、送往迎來」，有這個工夫，她寧可蹲府衙停屍房再剖個一、兩具死屍，或是同看守的黃老頭兒搓搓花生、嘮嗑嘮嗑幾句還有意思些。

就在她心不在焉地摸摸紅棗的大腦袋，正考慮著要不要趁孫刺史沒瞧見前先偷偷溜了之際，忽然那個從馬車翩然而下的玉樹臨風身影，悠悠然側目而來，未語先笑——

「卓娘子，妳我竟是前後腳抵達，果然有緣。」

她一滯。

只見眾人的目光齊刷刷地隨著朝自己射來，其中有愕然、驚喜、呆愣、忌妒、羨慕……

拾娘默默吞下了想罵娘的衝動，端正了面色，目不斜視地牽著紅棗大步上前，先對神情歡喜又明顯豎起耳朵的孫刺史拱手一禮。

「大人，卑職回來了。」

「好好好，回來就好。」孫刺史樂得直撫鬚，不忘對她擠眉弄眼地使眼色，提醒道：「還有裴大人在此呢！」

「卑職卓拾娘，拜見裴侍郎。」她正經地行禮。

「卓娘子免禮。」裴行眞眉宇溫和笑意淺淺。「昨夜和卓娘子一別，沒想到今日這麼快就能再和妳相見了。」

人群中有人嗖地倒抽了口氣，還有人對著拾娘冷哼，面露不屑……

拾娘一向皮糙肉厚沒啥反應，可裴行眞見狀卻心下一緊，眼神霎時凜冽如劍，森森射向人群中那個輕蔑冷笑的人——

楊泉狠狠一顫，連忙斂眉垂首，穿著官靴的腳緊張地挪了挪。

「素聞蒲州司法參軍卓娘子，精謀善斷屢破奇案，可爲生者不平，爲死者鳴冤。」裴行眞環顧眾人，笑容尊貴而優雅，最後落在拾娘面上……隱隱透出激賞之色。「日前，裴某前來蒲州途中，便有幸親眼目睹卓娘子技驚四座的驗屍查案之能，甚是賓服讚嘆，果然傳言不虛……刺史大人，你們蒲州眞是人才輩出啊！」

孫刺史笑呵呵道：「大人委實目光如炬，哈哈哈哈，非是下官老王賣瓜自賣自誇，我們卓參軍確實是極有本事的，當初她阿耶還攔著不讓她來任這個司法參軍，說她在戰場上直來直去砍敵人腦袋慣了，最不喜那些個彎彎繞繞的；我卻是獨排眾議，相準了她必定能坐穩司法參軍一職，這丫頭眼睛可毒著呢，就說那年——」

眼看孫刺史再度興致勃勃地打算吹噓起她的「當年勇」，拾娘就一個頭兩個大，忙匆匆將話題往正事上拽——

「大人請見諒，卑職想先行一步去看看死者張生的屍首，還望大人准允。」

「自然自然，」孫刺史一頓，下意識地望向裴行眞。「咳，那妳便先去府衙停屍房勘驗，雖說命案發生過了將近一個月，眼下也快入冬了，但本官記著，要命人鑿冰壘放石床週圍，免得屍身腐敗過快，失卻可供作證據的痕跡，妳放心。」

「多謝大人。」她眼睛一亮，喜孜孜地再度拱手行禮。

孫刺史笑吟吟撫鬚，見著自家府衙的參軍小娘子這雙清澈乾淨又明亮如鏡的大眼睛，便覺胸中濁氣一清。

年輕人就是該這般朝氣蓬勃，幹起差事來精神抖擻又士氣高昂，好似天大的事都不是事。

「至於裴大人一路千里跋涉，還是先——」孫刺史轉向裴侍郎。

「孫大人，本官也同卓參軍一起。」裴行眞微笑，眸光湛然。「人命關天，至爲緊要，且本官本就爲此案而來，能早一刻破案也是好的。」

「大人說得是，」孫刺史忙道：「那就有勞裴大人了，待此案水落石出，眞兇落網，下官再好好爲裴大人接風洗塵，答謝大人。」

「孫大人客氣。」

「哪裡哪裡，這都是下官應當做的。」孫刺史一張老臉都快笑出花來了。

儘管眾人看著有些刺眼，卻不知孫刺史對著這溫潤如玉又矜貴爾雅的裴侍郎，口口聲聲自稱下官，並非是出自逢迎拍馬諂媚之心。

而是兩人官銜看著雖是平級，皆爲正四品下，但裴行眞還身兼門下省的門下侍郎一職，能入宮禁之中，乃深受聖人信任倚重，可傳達詔書的近侍之臣……

此番裴侍郎願意接下蒲州的求請書函前來，孫刺史又驚又喜，都巴不得抓住他的手老淚縱橫叩謝再三了，所以裴侍郎接下來想怎麼做，他自然是無有不允的。

府衙眾人目送著裴行眞和卓拾娘連袂離去，人人心中各自想什麼的都有，就是不好說出來了。

楊泉面色依然不大好看，孫刺史一回頭，忍不住拍了拍他的肩頭。「這案子非你我無能……撂開手，退一步，說不定另有一番天地。」

「下官知道了。」楊泉拱手，垂眸恭敬道。

孫刺史幾十年戰場和官場水裡來火裡去闖過來的，又如何看不出楊泉心下的暗暗不平？

只是他身爲上官，管得了人卻管不了心，能點撥的都點撥了，旁的……他也不是楊泉的阿娘，難道還能拎著大棍子罰他跪祠堂乖乖聽人話嗎？

不過現在都好了，裴郎來，拾娘歸……

呵呵，這棘手的事就得交給能幹專精的來。

孫刺史一瞬間有種卸下肩上重擔的釋然感，撫了撫長鬚，踱著歡快的步伐，只差沒哼著小曲兒，悠悠哉哉地轉身晃回府衙大門內，還不忘擺了擺大袖——

「都散了都散了，該幹什麼都幹什麼去！」

「喏。」

眾人忙各自回去辦差，只於身姿魁梧的楊泉佇立在原地，神色陰晴難定……

◆

停屍房在府衙最西邊的一整排森嚴粗獷官舍內，堂前廣場以石板鋪就，放眼望去到處都光禿禿的，地上連根冒出的雜草綠意也無……

若是在大門口左右掛上兩只白慘慘的大燈籠，都能被猜是義莊無誤了。

不過這裡在世人眼中，也跟義莊沒什麼差別，皆是一樣躺著死人，一樣的陰森森。

拾娘卻有種回到自家地盤的舒爽感。

死人可比活人好打交道多了，起碼安靜，而且不會撒謊，所有關於死因的眞相都刻在身體內外，只待人仔細去探尋解謎。

此時此刻，她就置身在停屍房甲號房中，看著躺在石床上大冰磚內的蒼白發青僵硬屍首。

裡頭冰磚壘得再多，外頭也不是冰天雪地的氣候，所以張生的屍體已經隱約有浮腫腐敗的跡象，氣味十分可怕……

但不只是她，連始終噙著笑意跟隨在她身旁的裴行眞對此都是面色如常，玄機則是慣常地守在了停屍房門口，猶如一柄鋒芒內斂卻隨時準備出鞘的重劍。

拾娘腦子沒來由閃過一抹不相關的念頭……

裴侍郎手下兩名護衛一看就是高手，那他本人會武嗎？

她忍不住悄悄瞥了一眼……

裴行眞卻恰恰好地對上她的目光，英俊臉龐笑容更盛，彷若華光流燦，映照得這幽暗陰森的停屍房也像是亮了一亮！

「咳。」她猛然收回視線，清了清喉嚨，強捺下搔頭的動作。

——管他娘的會不會呢！

這長安名門子弟，腰上繫了把劍假裝就是文武雙全的可多了，實則大多花架子中看不中用，不過像裴家這樣的門閥貴族郎君，倒也不需要自己習武或出手，家族每每會配有私兵隨扈……

這不，眼下站那邊看門的那位，還是阿史那小公主家的親生兒郎呢！

拾娘對於朝堂和門閥間那些個明暗規矩，一點兒也不感興趣，她只要確定在查案過程中，若不小心遇上什麼危險或殺手，這位尊貴的裴家郎足以自保就好了。

她只是蒲州一個小小的司法參軍，可不想負責這些個千金之子會不會丟了小命或是一根毛。

「卓娘子，我怎麼覺得妳好像在偷罵我。」裴行眞低沉含笑的嗓音閒閒響起。

「裴大人想多了，卑職要開始驗屍，裴大人要迴避嗎？」她心虛了一下，唰地掏出隨身的羊皮囊袋，打開來一一露出了各種精巧古怪的小工具。

「卓娘子需要有人幫忙塡驗屍格，那就裴某來吧！」他微笑。

「隨你。」只要別再一個勁兒地盯著她笑，笑得她有些發毛就好了。

裴行眞見她先在屋中角落點燃了細辛、甘松，而後自懷裡取出一只小玉瓶兒，倒了一枚滴溜溜的藥丸給他，自己也取了一枚含在舌尖之下。

「這是避邪除穢的蘇合香丸？」

「嗯，還加了蒼術、白術、甘草調配的三神散。」她神情嚴肅。「死者張生的屍首看著太過『正常』了，可能還是得剖驗才清楚死因。」

他們二人在趕來蒲州前，都分別收到了府衙初步驗屍的相關卷宗，包括幾名相關可能涉案人的盤查證詞等等。

此案最為關鍵也是至為懸疑的便在於，死者斃命於門窗落栓緊閉的密室之中，面色蒼白，四肢僵硬，除卻胸口那一刀外，並無其他明顯外傷。

所以這才有縣丞初勘認定是自戕而亡的推論。

「好，聽妳的。」他溫和道：「剖驗吧，有刑部做主。」

她一怔，不由有些淡淡的感動。

當今仵作驗屍一道，多為停留在七竅四肢等外表驗證上，輕易不願驚動死者軀殼。而像她這樣不惜深入剖驗受害者五臟六腑，也要為其找出死因的，經常被世人視若兇殘閻羅，更有甚者，都說她是狠辣無情的劊子手，連死人都不放過。

幸得孫刺史信重，一力頂下了眾人對她的非議，否則她又如何能有法子三年破七大案，爲死者討一份公道？

只是沒想到，世上居然還有另外一個人……還是上官，對於她剖屍查案的手法毫不厭惡唾棄避諱，甚至想也不想慨然支持。

上回是，這次也是。

「怎麼了？」他目光溫柔，察覺到她似有些異樣。

她心神一歛，搖了搖頭。「沒事，卑職這就開始驗屍。」

裴行眞對著她淺淺一笑，細心地爲她提高了照明的大燈籠。

拾娘聚精會神地手持銳利尖頭小刃，在死者張生的屍首鎖骨下方落刀，左右輕輕劃開皮肉……

——一個時辰之後，拾娘將張生的屍體重新用特製的羊筋線縫妥，她爲其蓋上了白絹，而後熄去細辛甘松揉製而成的香餅子，褪下手套子後，再到一旁用白醋水淨了手。

「如何？」

「死者先是中毒而亡，死後方胸口遭印刀刺中。」她面色凝重。「兇手可能不只一人，如若只有一人，那麼便是刻意隱瞞死因，製造出死者命喪於刀刃下的假象。」

裴行眞劍眉微蹙。「如若是中毒，那死者面色和四肢指尖爲何未有瘀紫發黑的痕跡？」

「因爲他並非死於尋常可見的砒霜等毒物。」她肅然道：「若我沒有猜錯的話，他應當死於『雪上一枝蒿』。」

裴行眞一震，低沉有力道：「此物多長於吐蕃或黔中等羈縻州的高山雪地，性溫味苦，辛，有劇毒，也是一味極其難得罕見的外用藥，主袪風除溼，消炎鎭痛，對風溼骨痛、跌撲腫痛有奇效，然若用以內服，多死。」

她有些驚異地看著他。「大人也知道『雪上一枝蒿』？」

「宮中龍虎軍指揮使王保保便是出身黔中，他麾下三百子弟兵平時操演摸爬滾打，外傷多用黔中家傳外敷密藥，據說就摻了『雪上一枝蒿』，但份量極少，均要拿捏得恰到好處，否則就不是治病而是殺人了。」

拾娘眼睛一亮。「兇手該不會也是行伍之人，和黔中有淵源？」

他沉吟。「案卷上提到此案關係人之一程六郎就是軍人，只是蒲州折衝府府兵，從來都是世代父傳子子傳孫，且無徵調不得出州，必須由刺史和折衝府上官共同驗明敕書魚符方能動行，更鮮少有自黔中調派而來的兵士，但，倒也不妨一查。」

「大人說得是，」拾娘也冷靜了下來，喃喃道：「此外，死者所中的『雪上一枝蒿』用量極重，心臟已然緊縮如桑葚子，死前必有流涎、嘔吐、抽搐昏迷甚而衰竭而亡的徵兆，且死後當下，會呈現面色蒼白、發紺、四肢厥冷僵硬……但據案卷所述，張生屍首除了胸膛中刀有少量血外，其餘都是乾淨完好的。」

電光火石間，兩人腦中靈光一閃，齊齊脫口而出——

「兇手替他擦拭更衣了！」

「命案現場被清理過了！」

第七章

天色已晚，此刻便是上了普救寺去西廂院，夜裡黑，反而難再詳查到什麼線索，所以他倆默契十足地決意明日一早便先登門拜訪張陸氏，而後再趁天光好上山。

夜幕降臨，蒲州風大，拾娘注意到裴行眞踏出府衙官舍後，被寒風一撲，不著痕跡地抖了一下……

儘管動作很是細微，但她有一剎那突然很想笑。

裴侍郎眞不愧是門閥清貴世家子，行動坐臥皆講求魏晉風采，優雅中透著矜貴，矜貴中又有著說不出的灑脫。

總之，就是眞名士自風流的範兒。

像凍到發抖這樣煙火氣的姿態，裴侍郎是不願有的。

可他剛剛抖那麼一下，卻讓拾娘覺得他從高高在上俊美出塵的神祇，一下子下了凡，成為足尖踏地，會冷會哆嗦的年輕小郎君。

……真實得透著幾分可愛。

長安入冬再冷也冷不過邊陲之地，雖說名門子弟出入以身披紫貂狐皮裘衣居多，暖是非常暖了，卻也十分打眼，叫人一見就知道眼前這個是富貴公子哥兒，快快來吹捧或敲竹槓。

而他此行乃為查案而來，所以攜帶的禦寒衣物定然低調，匆促間多半備的都是內裡少襯毛皮的大氅。

拾娘忍住笑，輕咳了一聲。「裴大人，蒲州天候比長安冷太多了，尤其是入夜後，大人可以命人幫你在這裡的成衣舖子採買幾件厚實鑲毛的大氅。」

裴行眞鳳眸瞬間亮了起來，笑吟吟地道：「卓娘子這是在關心裴某？」

拾娘老實道：「嗯，怕大人受了風寒，耽擱了破案。」

「卓娘子說話可眞……實誠。」他有些嗆住。

「我也這麼覺得。」拾娘一本正經。「不過我阿耶說，這是我爲數不多的缺點之一，人非聖賢，有點小毛病也挺好的。」

「令尊是有大智慧之人。」他摸摸高挺的鼻子，又有點想笑了。

眼前這位卓娘子雖是生得一副冷豔絕倫的容顏，卻美而不自知，反倒性子赤誠率直得有點憨，眞……可愛呀。

「我阿耶有大智慧？」拾娘呆了一呆，想起自家那個虎背熊腰三大五粗，在陣前專靠大拳頭和大嗓門震得敵人紛紛落馬的阿耶……

大智慧什麼的，通常指的不是如軍師那一類的厲害人物嗎？

還從來沒人這樣讚美過她家阿耶……

拾娘忽地越發感動了。

——看著俊俏小郎口花花的裴大人，是個好人哪！

裴行眼見拾娘面上露出一抹古怪之色，而後直勾勾地盯著自己，心下驀地一怦。「方才，裴某說岔了什麼嗎？」

拾娘很認真地又上下端詳了他好幾眼，而後忽然大步上前，踮高腳尖豪邁熱情地拍了拍他的肩頭——

「對不住，以前都誤會你了，裴大人原來眼神好，人又心善，日後有機會的話，拾娘請你喝酒啊。」

他寬肩被她半點兒也算不上秀氣溫柔的手掌那麼一拍，突有種被重錘砸中的痛楚感，不過還是勉強挺住了，沒丟人地齜牙咧嘴喊疼出聲。

不過她的話卻也令他霎時忘了肩頭疼這回事，鳳眸又光彩湛然了起來。「擇日不如撞日，何不就今晚吧？」

「今晚？不成，明日我們還有要務在身，辦差的時候可不能飲酒。」她雖然很是心動，但始終記著自己的身分和責任。

他眸中笑意閃閃。「不能飲酒，那便一同吃個熱騰騰的鍋子吧？我聽說蒲州的羊肉極好——」

「嗯嗯，不只羊肉軟嫩不羶，我們蒲州還盛產蘿蔔，剁了大塊和羊肉一同燉煮，鮮香多汁入口即化，吃著可舒爽了，又解膩。」她說著說著也被勾起了饞蟲，忍不住眉飛色舞介紹道：「南街巷子底常伯家的鋪子就燒得好羊肉鍋子，我和同僚每每夜裡辦差晚了，都會去那兒吃上一鍋當夜宵再回家的。」

「不知裴某能否有幸，請卓娘子今夜也來去吃上這麼一頓夜宵？」他眉眼舒展、溫柔含笑。

「呃……」拾娘愣住。

她怎麼……有種給自己挖了個大坑跳進去的感覺？

裴行貞深邃漂亮的眸子微微黯然了一下，輕嘆道：「行貞唐突了，卓娘子是女兒家家，清譽至關重要，無論如何也不該是由妳來盡這地主之誼。也罷，這一路日夜兼程，想必卓娘子也累得很，更該早早歇息才是。」

「我……」見他這樣，她反倒莫名有些愧疚起來。

「卓娘子走好，安心家去吧！」他柔聲道。

她遲疑了一下。「那……大人呢？」

「我稍後便到蒲州驛站住下。」他溫和地道：「路上疲憊，也無甚胃口，待到驛站讓人送口熱水喝喝就行了。」

裴行真態度語氣越溫順和煦，字字句句中透著體恤，拾娘仰望著他，心頭越發生起了一股自己也太不仗義了的愧對感。

她眼睜睜看著他身長玉立、宛若青松的背影，不知怎地竟從中看出了一絲絲孤獨和落寞……

哎呀。

拾娘撓了撓頭，在他披著滿身倦色就要登上馬車的當兒，忍不住喊了聲——

「大人且慢！」

◆

正所謂酒香不怕巷子深，肉香也是這個道理。

常伯的鋪子看著不起眼，也唯有那麼三、四桌矮案氈席，可架不住窗下灶頭上那一大鍋熱騰騰香噴噴沸騰翻滾的濁白羊肉湯，透窗飄散出去的羊肉蘿蔔香味兒，天天都能教這條長巷住著的大人小孩給饞哭了。

多的是左右鄰居或熟客，捧著自家瓦罐或大陶碗在鋪子口排隊買羊肉蘿蔔湯回家大啖。

而鋪子裡那幾張桌子更是從來就沒有空閒過……

只不過常伯和鋪內老客們看見是拾娘來了，就歡天喜地爭相幫忙騰出了一張角落靠窗最舒服隱密的矮案位置。

「拾娘來了，快快快，給拾娘上熱茶。」

「拾娘好些時日沒來，可是又忙什麼大案子了？」

「拾娘拾娘，我家那小兒上次經妳點撥了幾手，現在馬步蹲得可穩可穩了，能站上兩炷香腿兒都不打顫呢，郎中也說他現在身子壯實許多，都能不用日日服藥養身……妳就是我們一家的救命菩薩，今兒這頓必須得我請！」

「憑什麼拾娘今日就該給你請？」另一桌的老客通身絲綢，看著就是出身富貴，正是縣城裡大布莊的趙老東家。

「趙老闆，您別仗著年紀大就不講理……」

「老夫怎麼不講理了？」趙老東家激動地嚷嚷道：「日前若不是拾娘識破賊人設局，污衊我兒酒醉逼死賣唱女，替我兒洗清了冤枉，我那憨厚老實的兒就得押入死牢秋後問斬，白白斷送了一條小命……所以今兒誰都別跟老夫搶付帳！否則我跟誰沒完！」

眾老客看著趙老東家吹鬍子瞪眼睛，一副隨時要拿出金銀拍在大家臉上的態勢，當下也不敢再同他爭了，否則一個弄不好，老人一下子給氣厥過去怎麼辦？

到時候好心辦壞事，反而連累拾娘心裡難受……

「諸位好意拾娘心領了，我所做不過份內之事，不值當什麼，所以今晚還是我請我自己，諸位只管吃好喝好便是。」拾娘哭笑不得，又難掩一絲靦腆尷尬，忙排解澄清道。

不知道的還以爲鋪子裡這些老大爺們都是她請來的托兒，專門幫在她上官的上官面前演戲博好感的。

「咦？拾娘今日居然不是和同僚來吃夜宵，居然還帶了個好生俊俏的小郎君……」有老客眼尖，馬上驚喜叫了起來。「喲喲喲，這就是妳阿耶幫妳搶到的上門女婿吧？恭喜恭喜……」

「並不是！」拾娘嘴角抽搐了一下。「陳老闆最近生意興隆忙壞了吧？眼力都不好使了，我阿耶就算要搶也是去搶軍中的大老粗……咳，不是，我阿耶不是那樣的人，況且我也沒要成親，陳老闆您就不用費心了。」

「我也瞧著這郎君挺好的呀，咱們蒲州上下要找到這樣的姿色和身段也少見了，拾娘，妳眞不考慮考慮？」旁桌的大爺又湊熱鬧地搭了一嘴。

「……」拾娘小臉都黑了。

——今晚就不該吃夜宵的！

裴行眞睜大了漂亮深邃的鳳眼，新奇地看著這熱熱鬧鬧的一幕，嘴角上揚的弧度越來越高。

「噗！」

拾娘生得嫵媚卻清冷的大眼睛惡狠狠地瞪了他一眼。

笑個屁？

可收到她氣急敗壞的小眼神，他肩頭聳動得更厲害了……給憋笑的。

拾娘下意識地握上了腰上的佩刀柄上——

手有點癢，有點想砍人。

玄機和車夫可沒自家大人的膽氣，早識相地悄悄站到了邊邊角落去。

羊肉香得教人饞蟲大鬧五臟廟，可……那也得有命吃才是啊！上頭神仙打架，底下人還是躲遠安全些。

在一片亂糟糟嘻嘻哈哈笑聲中，唯有店主常伯兀自氣定神閒地拿著大杓子，對此情景早已見怪不怪，笑咪咪地對著拾娘親切問道——

「拾娘今兒帶了朋友來，羊肉要再多上五斤吧？」

「常伯，他們幾個都是斯文人，再添個三斤就差不多了。」拾娘見常伯開口，不由大大鬆了口氣，連忙偷偷湊近壓低聲音。「我自己要五斤肉，拿蘿蔔蓋住些啊。」

常伯險些笑出來，神祕兮兮點頭。「曉得曉得。」

不過拾娘向來瀟灑粗豪，又幾時在意旁人嫌她吃得多了？

這三個後生看著都是生人……但領頭最高䠷俊美的那位郎君可不一般哪，氣度雍容，笑容晏晏，連置身鬧糟糟的庶民食肆內，卻依然若閒庭散步般從容愜意，半點不見嫌棄厭色。

若非怕小娘子羞惱到怒翻桌，他也有點想暗暗捅一捅拾娘的胳膊，問問這鶴立雞群的人中龍鳳，當眞不是她相中的意中人？

◆

經過好一番周折，他們總算吃上羊肉鍋子了。

紅泥火爐上架著只碩大的陶鍋，大塊的羊肉羊肋和雪白蘿蔔在沸騰奶色湯中咕嘟咕嘟，上頭撒了些初冬難得的嫩綠綠芫荽和青蔥末兒，越發誘得人食指大動。

常伯還送來了一疊子烤得香酥金黃的胡餅，指名是所有老客們一同請的，拾娘心下一軟，見胡餅確實也不費幾個錢，也起身拱手向眾人一謝。

「拾娘多謝諸位了。」

老客們也眉開眼笑，紛紛拱手回禮——

「哎呀拾娘太客氣啦！」

「只管放開了吃，餅子管夠啊！」

「讓妳友人們見識見識咱們蒲州人就是好客，好相處！」

裴行眞望著眼前這和眾人熱絡地打成一片，豪氣颯爽又帶著股憨然耿直勁兒的女郎，眸中柔和之色更盛，心口也有種陌生的熱熱暖暖，透著三分沁甜的酥癢感。

胸口，更好似被羽毛輕輕撩動了一下……

「來，先喝口湯暖暖身子。」他親自爲她盛了湯。

「有勞，大人也吃。」

許是在溫暖熟悉的舖子裡，又或是對著想念了許久的熱呼呼羊肉鍋子，拾娘筆挺如標槍的身子也微微鬆快了些，澄澈烏黑明亮的大眼睛浮現抹純然的歡喜，端起奶白色的熱湯便埋頭喝了一大口，隨即長長舒了口氣。

舒坦！

裴行真修長大手優雅地持碗，也慢條斯理地啜飲，而後不禁笑嘆。「果然鮮香滿口，半點羶味也無。」

她眼睛一亮，高興地道：「大人再試試常伯的烤胡餅，芝麻放得足，麵也揉發得好，外酥內軟越嚼越帶勁，撕碎了泡進羊肉湯裡吃也是一絕，我同阿耶一頓都能吃上好十幾大張呢。」

「咳咳咳。」一旁的玄機嗆到了。

車夫則是滿眼佩服地望向他——玄機大人好膽識，哪像小人有幸能跟大人同桌，卻膽子小得連喝湯都不敢發出聲音呢！

「玄機，隔壁桌位子看著挺寬鬆的。」裴行眞嘴角噙笑，鳳眸微瞇。「且蒲州鄉親這麼好客，我們長安鄉親又怎麼能失了禮數呢？」

玄機吞了口口水，默默端起自己的大碗和胡餅。「呃，大人說得有理，屬下這就過去併桌……順道交交新朋友。」

車夫見玄機大人都會睜眼說瞎話了，也只得學著端起大碗和胡餅，乖乖挪屁股過去那一桌。

拾娘瞅瞅這個再瞅瞅那個，忽然對裴行眞道：「大人心情不好？」

「怎麼會呢？」他微詫。

「那就是有案情相關的緊要祕密要談了？」她眨眨眼，忍不住小聲地問：「爲何要避開玄機大人和車夫？他們不能聽嗎？」

他一頓，有些好氣又好笑。「怎麼就不能是，我只想與妳單獨清清靜靜吃一頓夜宵呢？」

她愣住，有點懵。

「無事，安心吃吧。」他又用勺子爲她舀起了幾塊肥瘦相間的軟爛羊肉置入碗中，微笑道：「養足了精神體力才能更好地辦案，嗯？」

拾娘看著他溫和深邃的笑眼，又低頭看了碗裡堆高高的羊肉，不知怎地又覺得心頭熱烘烘了。

裴大人眞的很好……關心起她來，就跟她阿耶沒兩樣呢！

可若是裴行眞此刻能聽見她內心聲音，肯定一口老血都要吐出來……

◆

拾娘雖然隻身赴任蒲州刺使府衙三年，卻只在頭一個月住過官舍。

後來便因爲她阿耶不放心，就讓人在刺史府隔一條大街買下了這處二進的宅院，宅邸不大，可住她一個，外加一對專門伺候她的世僕老夫婦倒是十分足夠了。

老僕姓馬，和妻子都是看著拾娘長大的，平素自是最盡心盡力。

這不，一大早馬嬤嬤就做好了朝食，還燒好了水，打了一盆兒送進拾娘屋裡，準備服侍她梳洗更衣。

只不過拾娘那幾年在外頭打仗，早習慣凡事自己動手，所以馬嬤嬤才端著盆兒敲門進來，就看見拾娘已然穿戴好俐落簡便的胡服，腰間繫上蹀躞配七事，驗屍的羊皮囊袋子也緊扣而上，一頭如瀑青絲綰成了男子的髮髻，用一柄銅釵簪緊。

不只那柄殺氣騰騰的佩刀帶上了，她還把支支薄如柳葉的飛鏢一一安進胡服窄袖皮製護腕上的暗層裡……

馬嬤嬤有些不安。「您今日可是要與人動手？」

「有備無患。」誰知上山這一路上，會不會有什麼想不開的小賊冒出來找死。

況且張生案牽涉了崔氏，崔氏後頭又站著折衝府的程六郎，拾娘並非認定程六郎就是兇手，但是防患未然總好過事後懊悔。

在戰場上粗心大意的人，總是很難有命回來的。

拾娘用青鹽擦洗一口雪白貝齒，大剌剌地打溼了巾子擰乾，胡亂在小臉上抹了兩把，邁步就要出門。

「小女郎，您至少也抹個面脂吧？」馬嬤嬤真是心疼死了自家女郎這張冷豔動人的臉蛋。

都入冬了，也不怕寒風凍花了嫩生生漂亮亮的小臉，就算再怎麼麗質天生，也禁不住她這麼糟蹋法呀！

「那是娘兒們抹的玩意兒，香不啦嘰的，」拾娘一臉嫌棄。「聞著就膩得慌。」

馬嬤嬤都要哭了……

都怪主子當年硬是把小女郎帶到邊疆，讓小女郎在一堆糙老爺們手中養大，現在都歪成什麼樣子了？

那些軍痞子莽漢嬌寵女娃的法子，就是陪著她上樹摸蟬、下水摸魚，教她舞刀弄槍、挖坑絆馬，還有該怎麼把人狠狠摁在地上胖揍一頓後，踐得二五八萬地拍拍手揚長而去。

把個原本粉妝玉琢糰子似的小女郎，活脫脫變成了小郎堆裡的女霸王，尤其在戰場上廝殺過後再回來，女子的嬌柔半點沒有，反而是一身的金戈鐵馬煞氣威揚……

如今怎麼扳都扳不回來了。

「小女郎，那您也先用過朝食再出門當差，嬤嬤給您燉了盅燕窩和紅棗粥，養顏益脾胃的——」

「我去巷口吃兩碗桂家羊肉湯餅便成了。」拾娘大步踏出房門，瀟灑地對身後的馬嬤嬤擺了擺手。

那種甜滋滋軟趴趴的玩意兒，忒沒勁。

「小女郎……」一大早上吃羊肉不上火嗎？

馬嬤嬤只能眼睜睜看小女郎雷厲風行地走了。

老馬拿著大掃帚經過。「怎麼啦？」

「唉，咱們家小女郎再這樣下去，將來還怎麼嫁人呢？」馬嬤嬤垂頭喪氣。

「只要咱們小女郎喜歡，搶一個就是了。」老馬笑嘻嘻。「主子不都說了，再不濟，他麾下劍南道翼州軍兒郎如雲，任挑任選，包退包換——」

「快給老娘閉嘴吧！」馬嬤嬤給了丈夫個大大的白眼。「就是有你們這幫老爺們胡亂給小女郎出渾主意的，是嫌咱們小女郎的名聲還不夠嚇人嗎？你們當眞不怕她嫁不出去？」

「巾幗英雄的名聲有什麼不好的？」老馬豎了大拇指，與有榮焉道：「咱們小女郎可不是那種只會被關在閨閣中撲撲蝶，吟吟詩，傷春悲秋的弱質千金，她呀，本事可大著呢！」

「我跟你這死鬼說不通。」馬嬤嬤狠狠瞪了丈夫一眼，賭氣地抱起小女郎昨夜換下的衣衫就往外走。「洗衣服去了，哼。」

她怕再說下去，自己會忍不住打破自家死鬼的狗頭！

老馬摸摸鼻子，咕噥道：「嘿，這老婆子脾氣越發大了，惹不起，惹不起。」

說實話可以，挨揍就不用了，他還想留著這把老骨頭多服侍小女郎幾年呢！

◆

拾娘英氣勃勃地佇立在清晨初陽下，儘管寒風凜冽，依然身姿挺直如修竹。

裴行眞則是一身青袍銀帶，俊美爾雅若玉石雕就的君子劍，款款下馬車，舉手投足間盡顯風流。

他漂亮的鳳眼在望見拾娘的剎那，不自禁笑彎了一泓秋水。

饒是拾娘這樣心思粗壯的，也覺眼前有一霎的光華奪目，令人屏息……

仔細端詳，裴大人確實生得極好，也難怪會是長安女郎們趨之若鶩，奉爲深閨夢裡人的郎君了。

「裴大人。」拾娘拱手。

「卓娘子。」他笑意盎然。

拾娘自覺招呼完畢，立時利索地轉身就抬手拍門——

「蒲州府衙問案，開門！」

不一會兒，裡頭傳出一個小心翼翼的女聲。「府……府衙問案？」

「是。」

門板後靜默了一瞬，女聲又復響起，這次膽怯中還透出隱隱憤慨的質疑——

「胡說！府衙裡怎會有女子當官差？妳莫不是聽了什麼坊間閒話，故意來找我們麻煩的？」

裴行眞見不得拾娘受人懷疑責問，正想開口，拾娘已經沉聲有力地道：「我是蒲州司法參軍卓拾娘，特來追查張生命案一事，有腰牌爲證，妳開門驗看便知。」

須臾……

木門慢慢被打開了，門後那名長相清秀的女婢阿廉先是爲他倆的身姿容貌驚豔了一眼，隨即面露提防不安之色——

「大、大人們請稍候，容奴先行向我家娘子稟報。」

「有勞了。」拾娘嚴肅地道。

片刻後，阿廉很快匆匆趕回，慌忙恭敬地請他們入內。

在古樸簡素的廳堂中，一名秀麗溫雅的年輕婦人身著白袍素衣，神情憔悴地對他們歛身一禮——

「民婦張陸氏，拜見二位大人。」

「陸娘子免禮。」

張陸氏請他們二位上座，自己則是位於下首，不忘吩咐阿廉送上茶來。

裴行真目光不著痕跡地掠過打理得窗明几淨一塵不染的廳堂，落在放置在窗櫺前的一只綠釉陶壺，上頭斜插著一枝姿態清傲的紅梅，陶壺邊依偎著個小小精巧美麗，身著嫁衣的偶雕。

廳堂雅榻上小茶几整齊疊放著一沓經文，旁邊文房四寶具備，澄泥硯上墨半滿，張陸氏衣袖還沾上了一、兩點墨漬。

玄機抱劍守在大門邊，拾娘徵詢地看向裴行真——

「裴侍郎先請？」

裴侍郎——來自長安？

張陸氏有一絲震驚和錯愕，可眼神又迅速從裴行眞身上一觸即離，再度恢復低首溫馴模樣。

裴行眞沒有錯過適才張陸氏的神色，卻依然一派從容淡定問道：「陸娘子，妳夫君張生的案子已交由刑部和蒲州府衙共同追查審理，妳可否再詳述一次當日案發情況？」

阿廉悄然地送上茶，儘管眉宇間流露出害怕畏懼之情，卻依然堅持陪護在自家娘子身後。

「是，大人。」張陸氏深吸了一口氣，再度將當日情景一一道來。

她說完後，裴行眞語氣平和地問：「妳可還記得，當時是什麼時辰離開普救寺西廂院？」

「辰時末左右，」張陸氏目光悽清。「我們寄宿在普救寺的頭天就添了筆香油錢，所以一日三餐都有僧人送齋飯來，那日卯正用過朝食後，我夫君便說要去寺裡後山的碑林走走，可他才去了不到一炷香辰光就回來了，眉宇間頗有些心神不寧。」

「是在收到崔氏的斷情詩前，還是之後？」裴行眞問。

張陸氏微微發白，雖有些難堪，卻也不敢隱瞞。「我不知，我並未親眼看見崔氏的斷情詩是托誰送到我夫君手中的，但想來應該是我夫君去了碑林後才收到信箋，否則他回房後也不會突然大發雷霆了。」

「那封斷情詩，當時他就拿在手裡嗎？」拾娘突然問。

張陸氏點點頭。「是，我起初不知那是崔氏的書信，只當是夫君的舊友，因爲我夫君在蒲州知交故友頗多，頭幾日就有好些個命奴僕送來請帖，邀我夫君到城裡飲宴，我夫君去了兩回，都是大醉而歸。」

「陸娘子可記得邀宴的都有誰？能否錄下名單給我？」拾娘和裴行眞交換了個眼神，主動道。

「那幾份請帖我都收著，就是想著也許大人們會需要，」張陸氏精神一振，吩咐阿廉道：「快去把我枕下那只檀木扁匣子取來。」

「喏。」阿廉忙去了。

很快地，阿廉取來了匣子，在張陸氏的示意下忙恭謹地奉給了裴行眞。「大人。」

他微笑接下，不忙打開，只是再問：「張生手握崔氏寫來的斷情詩，對妳大發脾氣，陸娘子不生氣嗎？可有與他爭執？」

「怎麼會不氣？」張陸氏眼眶紅了，「不怕大人笑話，我昔日未嫁時在閨中也是個性情嬌蠻的，既感委屈氣惱，便也忍不住跟我夫君爭吵了幾句，我氣他還和崔氏藕斷絲連，他卻說他終究對崔氏有愧，此番路過蒲州，也不過是想親口問問她過得好不好……」

拾娘強自忍下對張生的鄙夷之心，繼續專注在案情上。「那妳信他嗎？」

張陸氏嘆息。

「妳也是不信的。」

「我聽過卓參軍您的赫赫威名，您活成了我們這些後院婦人們最想要的樣子，可我們不是您。」張陸氏傷感無比。「世間女子嫁雞隨雞，夫君就是我們的天，在這片天底下過日子，我縱使不信他，又能如何？」

拾娘又有想罵娘的衝動了。

那個叫張生的，還眞他娘的不是什麼好東西……吃著碗裡看著鍋裡，當以爲天下的美人和美事，都活該落到他懷裡任他享受呢，嗤！

也虧他遇見的都是好性子的溫婉女子，要換作是她，不立馬給他個白刀子進紅刀子出，她卓字就倒過來寫——

裴行眞若有所覺地望向拾娘，鳳眸似笑非笑，拾娘被他瞧得心裡陣陣發虛，趕緊屏息斂神。

咳，當然，那個……殺人還是犯王法的，不鼓勵，不提倡。

她也就是忿忿不平，白想想罷了。

「爭執過後，妳便下山去爲他買吃食了嗎？」裴行眞忍住笑意，轉而看向張陸氏，言語平和卻目光清亮。「妳在何處向何人買的羊肉饆饠？妳的女婢和小廝都是全程陪侍麼？另外，可還有誰能爲妳作證？」

張陸氏驀然惱怒了起來，呼吸微微粗重。「大人這是懷疑，是我殺了我夫君？」

「陸娘子莫惱，」他笑了笑。「官府辦案，本就會抽絲剝繭找出眞兇，並排除清白之人的涉案嫌疑。」

張陸氏胸口劇烈起伏，氣極哽咽了一下。

「陸娘子莫非有什麼難言之隱？」他溫聲問。

「裴侍郎不去嚴加盤問崔氏，也不去追查殺我夫君的兇手，卻只管在這裡質疑我這個未亡人，難道這就是馳名長安，有青天之譽的刑部裴侍郎，平素行事逼供的手段？」

「所以，妳知道裴某？」裴行眞神情自若，對於她的含沙射影之詞不爲所動，只微微笑了。「嗯，但妳沒想過刑部會插手此案。」

「裴侍郎這是什麼意思？」張陸氏嗓音尖銳高聲了起來。

「大膽！」抱劍護衛的玄機卻是臉色一變，喝道：「不可對侍郎大人無禮！」

張陸氏哆嗦了一下，臉色發白，卻還是強撐著冷笑道：「陸氏，不過是爲自己鳴不平罷了。」

裴行眞挑眉。

「裴侍郎，」張陸氏定了定神，像恢復了些許鎭定。「我夫君張生雖家族不顯，可我母族乃吳郡陸氏，雖是長安世族的末等之流，遠遠比不上你河東裴氏，還有裴相、裴侍郎在長安，甚至於聖人心中的地位，但我陸氏女郎的名聲，也絕不容他人隨意污衊！」

「陸娘子冷靜些。」裴行眞輕輕一笑。

張陸氏攢緊膝上裙袍。「如果裴侍郎有證據說我殺夫，只管將我押入大牢打爲死囚，若是沒有證據，還請裴侍郎莫要胡亂揣測，錯害無辜。」

拾娘本還有些同情眼前倒楣的張陸氏的。

可是聽她一發怒便開口謾罵起自己上官的上官，言語中還處處影射裴大人就是個仗著聖人恩寵、驕狂自大又胡亂辦案的糊塗蟲……拾娘忽然有點火大起來。

旁的不理論，可裴行眞在辦案上還是很有幾分本領的，問案也溫和客氣條理分明，哪裡就污衊她張陸氏了？

「陸娘子如果是清白的，自然不須擔心官府追查妳的行跡。」拾娘板起了臉，越顯清冷俏煞。

「我本就是清白之人，又何須被當疑犯審查行蹤？」

「因爲那樣查出來的種種線索，能證明妳說的是實話，妳並非是殺害張生的兇手——除非，妳與他的死有關，怕禁不起人盤查，便寧願出言詆毀朝廷命官，也要胡攪蠻纏地推搪過去。」

「我沒有撒謊！」張陸氏激動地站了起身，喘息著。

「喔，那證明給我看呀！」拾娘面無表情。

明明時機不恰當，但置身風暴中心的裴行眞，望著此時此刻的拾娘……他心頭一陣暖意融融，卻也越發忍俊不住。

這樣的卓娘子……眞眞可愛了。

張陸氏咬牙切齒，身子輕顫……

拾娘則是一臉心如鐵石，公事公辦。

而後，對峙落敗的張陸氏肩膀一垮，兩行熱淚自頰邊滾滾而落，悲戚道：「我……眞的沒有殺害我夫君，如果、如果我當眞做了錯事心裡有鬼，剛才也就不會對大人們坦言相告，把我們夫婦倆爭吵的事情也說了出來，平白令你們對我起疑。」

「既然妳坦坦蕩蕩，就請回答方才裴大人的問話！」拾娘目光清正，氣勢凜然。「妳若不說，我們自然也查得到，不過是多費一、兩日的工夫罷了，可屆時妳的眞話只怕也無人會信了。」

張陸氏猛地一顫，神色隨即深深傾頽萎靡了下來……

「我、我說。」她面色灰敗。

拾娘陡然眼放狼光，目不轉睛地盯著她。

「我……下山後在城裡就和女婢小廝分散了開來，命他們去買羊肉饆饠，我藉詞說要去耕硯齋幫夫君挑只上好的硯臺，可是……我其實悄悄去了程府。」

——去了程府?!

拾娘微訝，不著痕跡地對著裴行眞眨了眨眼——咦？咱們這是摸到線頭了？

裴行眞眼底笑意蕩漾，不動聲色地回以眸光微閃——卓娘子眞棒！

接下來兩人事前完全沒有通過氣兒，卻是奇妙地心靈契合，紛紛一改適才的威嚴凌厲，同時化為神色和煦地做出了洗耳恭聽狀。

「陸娘子，妳請說。」

「我和裴大人都是願意相信妳的。」

張陸氏看著他倆神情誠懇，眸光柔和，霎時心下一酸，態度越發軟化了下來，囁嚅道：「我去了程府，就是想找崔氏理論的……」

就在張陸氏三分疲憊卻又帶著七分釋然地述說之時，守在門口的玄機盯著自家大人和卓娘子，恍惚間總覺得好像看見了他們身後有兩條狐狸尾巴愉快地搖呀搖……

第八章

張陸氏坦承，她和丈夫一頓爭吵，心下自然不痛快，想著雖是自家夫君風流不爭氣，都世易時移、物是人非了，還膩膩答答地又想和舊情人往來，但崔氏也不是什麼冰清玉潔、品德高貴的女子。

當初能做出婚前失貞的醜事，焉知今日這番作態是不是欲擒故縱？把張生玩弄在股掌間，勾得他失魂落魄以做報復？

人在怒頭上，腦子自然清明不了，衝動之下就來到了程府門前。

她對門房表明自己崔氏遠房表嫂的身分，意欲求見，但門房回去請示過後，卻說他們主母不在家，要她改日再過來，或是先行留下拜帖。

滿心憋屈和怒火的張陸氏自然是不肯相信崔鶯鶯不在府中的。

她認定了崔鶯鶯作賊心虛，不敢見自己，執意沒見到人不走。

可偏偏程府的主人是從五品下的果毅都尉，多以軍法治家，更不可能容得外人不經允許就闖入府中。

她氣苦難忍，在外頭徘徊良久，最後還是只得快快然離去。

不過說來也巧，她在剛剛走出程府街口處，就撞見了崔鶯鶯的馬車正拐彎要回府……

裴行眞和拾娘不約而同眼睛一亮——

「妳見到崔鶯鶯的面了？」

「是，但她沒有下馬，只是掀起了車簾與我說了幾句話，」張陸氏掩不住氣苦，澀然道：「我衝動質問她是不是跟我夫君私下會面了，她卻抵死不認，一旁的女婢和馬車夫也來喝斥我，並堅持說自家主母只是在城裡採買東西，並未出城。」

「後來呢？」

「我自然不信，可崔氏只是淡然指了指馬車輪子，說若她出城，輪子上便會輾過泥土和枯枝殘葉，讓我自己看個清楚。」張陸氏沮喪道：「……我不死心，打量一番後，發覺車輪子確實是行駛在城內廣鋪的石板街路上，沒有泥土，只有灰塵罷了。」

他們二人互覷一眼。

如此看來，這崔氏鶯鶯也是個極聰慧的女郎，面對質疑，不動聲色間就能爲自己澄清。

裴行眞沉吟……

只是如此冷靜，反應敏捷，跟傳言中那個嬌弱嬝娜、爲情所困的世家女郎頗不相合。

「……我見奈何不了她，氣得又對著離去的馬車罵了幾句，最後也只好與女婢小廝會合，趕回普救寺。」

「那會兒，已經幾時了？」

「那時已酉時初左右，正是日落黃昏，裡裡外外都點上燈了，僧人送的夕食就擱在西廂院外頭的石桌上，說是敲門未有人應，僧人便只好把匣子擱外頭，回大殿誦晚經去了。」

張陸氏所述的，裴行眞和拾娘都在卷宗上看過，和僧人的證詞是一致的。

「妳等撞門而入後，當時屋裡可點了燈?」裴行眞問。

「沒有，屋中沒有點燈，所以僧人們提了燈籠陪我等入內……」張陸氏閉上眼，顫抖痛楚道：「……然後，一眼就看見了我夫君仰臥在床榻上，胸口中刀，已無生機。」

「屋裡可有吃食或湯藥碗碟等物?」拾娘盯著她，忽問。

張生是吃了摻有「雪上一枝蒿」的東西才中的毒，其味苦辛辣，若放入尋常湯水裡，也不能令張生在不知不覺中吃下而不生疑。

所以據她猜測，最有可能是做成了內餡塞在糕點中，再不然，便是索性熬成補身之類的藥湯，誘騙張生喝了。

張陸氏目光黯然低垂，纖長指尖下意識揉了揉鼻，澀然道：「不……應該是沒有的……」

裴行眞眼神一凝。

面對問話，會不自覺揉鼻子，多為直覺想掩飾眞相……蓋因人情緒波動時，鼻內血管擴充激動，便自然而然藉揉鼻動作以做緩解。

所以實際上屋裡確實有吃食碗碟……且張陸氏知道，她卻想隱瞞下來。隱瞞，意味想瞞下張生的確在屋中吃了摻毒的東西，也或者想掩飾這個下毒之人……

裴行眞若有所思。

「無妨，我和裴大人會再細細勘查一次西廂院，再找找線索。」拾娘也是心念一動，忽又想起了一事。

可此時現下人多口雜……

嗯，晚些，她再私下提出跟裴大人討議一二。

「那妳可發現張生死時身上穿戴的衣衫有什麼異狀？」

張陸氏咬著下唇，仔細認眞回想，陡然一震，脫口而出——

「衣衫不一樣！我記得走前，他身著縹色袍子，可後來我們推門而入……他身上穿著的卻是艾色袍子。」

長年胡服裝束行走的拾娘聽得滿頭霧水，下意識本能求助地望向了裴大人。

——縹色是啥？艾色又是啥？

而裴行眞出身名門顯貴子弟，吃穿用度向來精緻且見聞廣博，自是一下子便聽出了箇中細節所在。

「縹色和艾色顏色極爲相近，只是縹色綠而灰白，艾色蒼白而綠。」他柔聲對拾娘解釋道。

她恍然大悟……可眞講究。

「入夜燭火燈光不顯，兩色乍看之下難以分辨，陸娘子確定沒看錯？妳夫君當眞換過了衣衫？」裴行眞再度確認。

「民婦確定，因爲他所有的衣袍都是我幫他添置的，」張陸氏低低悵然道：「衣襬袖口上的緄邊卻是我親手所繡，縹色袍子繡飾花樣是流雲，艾色袍子繡的是百蝠吉祥，可他一向不喜那件艾色的繡樣，嫌俗氣。」

裴行眞和拾娘交換了個眼神——那麼就不大可能是張生自己換過的袍子了，而是更傾向於他們稍早前的推論。

看來，兇手確實不是在激憤衝動之下殺人，先是有所準備的下毒，而後還有時間把毒發後嘔吐流涎的死者收拾乾淨，重新換上另一襲衣袍。

兇手如此從容不迫，就是確信自己在做完這一切前，不會被人撞見。

此人究竟是從何得知，張陸氏一行人下山進城裡，並不會那麼快回到普救寺的？

張生顯然認得兇手，甚至是親手開門讓兇手進西廂，並主動飲下兇手送來的吃食。

那人，是崔氏？還是普救寺中的僧人？抑或是張生的故友？也或者根本就是……張陸氏自己？

裴行眞眸光一閃，轉而問道：「案發現場被封存，妳收拾箱籠行囊離開普救寺時，可曾注意到放置衣衫的箱籠有人翻過的痕跡？或是衣衫配飾摺疊的手法和妳平常的習慣有何不同？妳夫君張生的篆刻工具除了那支印刀，可還少了什麼？」

「這……」張陸氏狀若不安，卻直視著裴行眞目光道：「民婦沒注意到那麼多，當時只覺如遭雷擊，心痛恍惚如魂魄離體……直到縣丞大人命我和女婢速速將行李細軟騰挪出去，我二人也是收拾得匆忙……」

裴行眞心中疑慮更深。

……人在準備好謊言時，更容易注意對方眼睛，爲的便是想令對方相信，並且想觀察對方是否相信？

張陸氏皮相透出的不安表情和她冷靜直視的目光，太過違和。

「本官明白，常人突遇噩耗，確實無心理會其他。」裴行眞不動聲色，依然溫和道：「只是事關破案的可能線索，還請陸娘子再仔細想想，若想到了什麼，可隨時遣人到府衙向我二人說說。」

「謝大人體恤。」張陸氏感激得眼眶紅了。

「那妳呢？」裴行眞望向她身後的女婢阿廉。「當日，妳可有發覺什麼不對勁之處？」

阿廉突然被面前尊貴風雅的年輕大人點了名，霎時受寵若驚起來，小臉一紅，吶吶道：「奴？奴不知道……不過奴看見，阿郎說要去碑林的時候，神情十分興奮，還特意戴了頂新的幞頭，就連香囊都換了。」

「他這是與人有約。」拾娘目光一凝。

張陸氏臉色血色又褪了幾分，苦澀道：「民婦當時爲何執意去程府，便也是猜測我夫君口口聲聲說要去後山碑林，其實就是爲了偷偷去和崔氏碰面……只是按崔氏回府的時辰來看，當時她人就在城裡，而我夫君那時還好好兒地在寺裡西廂房內，她又如何殺完我夫君後便插翅飛回城，坐進馬車趕來和我碰個正著？左思右想，這時辰怎麼也對不上。」

拾娘若有所思地摸了摸下巴，覺得還是挺有道理的。

「現在我只想知道到底是誰人殺害我夫君，又爲什麼要這麼做？」

裴行眞鳳眸微微閃動，他點了點頭，率先起身道——

「陸娘子不必太傷神，案子既然交付到我二人手中，我倆自會竭盡全力追查，務求早日破案水落石出。」

「多謝兩位大人。」張陸氏感激涕零，深深下拜。

「此乃我等職責份內之事，無須道謝。」他笑得意味深長。

✦

出了張陸氏租賃的小院後，裴行眞看著就要翻身上馬的拾娘，主動提議——

「卓娘子不如同坐馬車，和裴某先捋一捋案情？」

向來行事幹練果斷來去如風的拾娘想了想，破天荒同意了。「好！」

裴行眞心下喜悅，一個快步上前親自爲她掀開了車簾。「妳先請。」

拾娘親暱地拍拍棗紅馬兒的大腦袋，叮嚀道：「紅棗仔細跟著，別看見野兔就掉隊了。」

紅棗嘶鳴了聲，噴著鼻息，烏黑滾圓的馬眼裡有著一絲委屈。

……人家還是個馬崽，追野兔可好玩了。

「乖。」她自囊袋中掏出一把炒豆子餵給了馬兒，哄道。

紅棗舌頭一捲，高高興興地吃了，撒嬌地蹭了蹭拾娘，而後踏著輕快的小碎步來到了馬車旁邊乖乖等著。

「……這紅棗都成精了。」裴行眞笑嘆。

玄機也羨慕地看著棗紅馬兒，都有點想要問問卓娘子，能不能借紅棗來配個種了，生出來的小馬駒必定聰慧靈巧，強壯健碩又快如閃電。

拾娘俐落地上了馬車，這才發現裡頭別有洞天，擺設得舒服又雅緻，三邊鋪著可坐臥的迎榻，角落還有只釘牢的螺鈿紫檀五斗矮櫃，可放置些書卷或茶具糕點零嘴等物。

居中還有只茶案，上頭鑲嵌著一層黝黑似玄鐵的桌面，依然是眼熟的小風爐和茶釜，旁邊有兩只剔透如玉的青瓷茶甌，被巧妙地包覆在同樣玄色的茶托內。

「咦？」她一下子就注意到了其中巧妙。「這茶案面上是磁石打造而成的吧？」

這樣就不怕路上顛簸潑濺吧？

——果不其然，她話聲剛落，馬車便動了起來，在轆轆搖晃中，茶案上所有器物依然安穩如故。

「卓娘子心細如髮。」他淺淺笑讚，優雅地夾取了一只碧綠團茶，先在火上輕輕焙烤。「天寒，飲一杯否？」

「喔。」

眼前的裴大人風雅自若，一舉手一投足，漂亮玉白的修長指尖翻飛間，總有著說不出的好看勁兒……

若換作往常，她必定覺得喝茶是爲了解渴，幹啥這麼拖拖拉拉的？

有那個閒工夫慢吞吞的碾茶煮茶，還不如在滾水裡撒上把炒香了的大麥子，拿著紗布巾一濾，就能得出一大鍋金黃透香的茶湯。

或是就著大杓喝，或是整一瓦罐湃在井裡放涼了，咕嘟咕嘟仰頭大口灌……那才叫一個痛快舒坦！

像這樣一小口一小口的要喝到幾時去？搞完天都黑了。

她是山豬吃不了細糠，從小到大就沒領略過「風雅」、「風情」這兩個詞兒作何註解？

可此時此刻，當她看著他纖長如玉的大手焙茶、碾茶、煎水、投茶和煮茶的動作，若行雲似流水，又像清風拂過蒼翠竹林……

剎那間，她心思奇異地寧靜了下來。

方才腦子裡充斥著關於案件亂糟糟、鬧哄哄的千頭萬緒，一下子忽覺得也不再那麼困擾棘手了。

拾娘定定地仰望眼前氣定神閒的俊美裴侍郎。

……因爲，這樁案子不只她一人在大霧裡孤軍奮戰、茫然摸索啊。

「來，嚐嚐？」他笑意溫柔，端起茶甌遞與她。

「多謝。」她接過，手指不留神和他的輕觸著了。

指尖微涼如玉石，又有種莫名的酥麻……

她火速縮回手。「咳。」

他低頭凝視著她，笑眼彎彎。

拾娘心下怦通，腦子一亂，不經思索的話就衝口而出：「那個……大人你昨晚肯定沒去成衣鋪子買毛皮大氅吧？我聽人說，手涼身子就虛，大人千金貴體，出門在外的還是得穿暖和些才好，病了很難受的。」

——等等！她這都在瞎叨叨個什麼鬼啊？

有那麼一息間，拾娘眞想捂住臉……不對，是堵住自己的大嘴巴。

身子……虛？

裴行眞眼角眉梢的笑意霎時一僵！

「我身子一點也不虛！」

拾娘眨了眨眼……大人是男人，男人愛面子，自己這樣大剌剌口無遮攔地亂戳人心肝，確實不好。

她立刻從善如流，趕緊點頭贊同。「嗯，大人不虛。」

裴行真後槽牙重重磨了磨——小丫頭若把臉上的同情之色再收斂點兒，會更有說服力一些。

他雖是文官，卻是君子六藝——禮樂射御書數——樣樣精通，文能提筆、武能殺敵，從來就不是那等手無縛雞之力，唯出一張嘴的文弱書生。

至於手涼……就只是純粹體質所致，天生手涼，然他身軀強健體熱，胸膛摸著都是暖呼呼的，可偏偏不能叫她當真摸一把以茲證明。

「我身子很好。」他只能越發坐挺拔了身姿，鳳眸灼然，熠熠生光地再三強調。「自幼連風寒都少有。」

她點點頭。「好的。」

——「好的」，是何意思？

「下回我倆可以比試一場，卓娘子就可相信裴某所言不虛了。」他認真地再次重申。

拾娘愣了愣，望著他俊美臉龐上的一縷嚴肅緊張之色，有點想笑，不過想想又有些小小內疚起來。

她平常粗野慣了，以前是在軍隊，現在是在府衙，置身於一幫大老爺們之中，平常大家夥兒們也大嗓門的直來直往，只差沒把屎尿屁三個粗字常掛嘴邊……可這都不該是她說話沒輕沒重的藉口。

裴侍郎脾性好，沒有官架子，那她更該敬重七分才是。

「大人，」拾娘面色端肅起來，拱手作禮。「卑職一向粗枝大葉，有時說話不過腦子，方才的話是我唐突失禮……對不住，卑職在此向您賠罪。」

「卓娘子何罪之有？」他心頭一軟，「妳亦是關心我，怕我受寒凍病，反而我該謝妳才是。」

他大度寬厚疏朗至此，她益發赧然，小小無措地撓了撓耳朵。「大人，客氣了。」

「那卓娘子也別同我客氣，」他輕輕笑了起來，眼神柔和。「好嗎？」

「呃，好、好呀。」她吶吶。

下一刻，爲了擺脫這莫名的不自在感，拾娘一口氣喝乾了茶，忙正色道：「對了，大人，卑職方才突然有個猜想——會不會我們要找的其實是兩名不同的兇手？」

他溫聲敦促道：「怎麼說？」

「第一位兇手下毒，但用的卻不是尋常可見的砒霜，而是罕有人知的『雪上一枝蒿』，如果仵作不會剖驗屍體，甚或認不出此毒會在心臟和肺腑間造成的特殊痕跡，那麼張生完全可以被認作是突發心疾而死，因爲從外表根本看不出有他殺嫌疑。」

「這也是裴某疑惑的一點，」他聽得專注。「還有呢？」

「如果兇手先下毒後捅刀，便是想誤導官府以爲張生是死於刀傷，就不會再深入查出他實則是中此奇毒，但刀刃插進活人的心臟和死人的心臟，流出的血量和在肌膚上留下的傷口都是不一致的，但凡經驗老練或仔細些的仵作，都能查出這點。」

他頷首，表示贊同。「初勘時的木仵作判定，刀刃鋒利，瞬間刺入心臟後未拔出，血堵在體內自然流的不多，可就算不是仵作，只要是習武之人，也能一眼輕易分辨出來箇中差異，而且自盡與被殺，施力點也不同。」

「兇手既然能弄來『雪上一枝蒿』，還能哄騙張生吃下，並製造張生於密室中自盡的假象，更像是個心思細密布局沉穩的，這樣的人會多此一舉，沒事又冒險捅刀，遺留下更多破綻嗎？」她摸了摸下巴。「——多做多錯，是爲大忌。」

裴行眞微笑。「有道理。」

「所以會不會是，頭一個兇手毒殺張生，並收拾現場後悄然離去，不久後第二個兇手來了，當時天色已昏，未燃燈的西廂房內，張生仰臥在床毫無聲息，兇手誤以爲他是熟睡不醒，所以躡手躡腳地摸到了床邊，舉刀狠狠刺入他心口處，而後或從容離開，或倉皇逃離現場。」

「那西廂房必定有不構成密室的條件，只是縣衙和府衙的辦案差役都忽略了其中關鍵。」裴行真從容不迫慢條斯理道。

「沒錯！待會到普救寺後，我一定要搜遍西廂院每一寸不可。」她重重擊掌。

「好。」他看著她笑。「對了，我總覺得張陸氏在這樁命案當中的角色，並不非只是個可憐的喪夫寡婦那般單純。」

拾娘目光一凜。「大人的意思是，張陸氏也有嫌疑？」

「她對房間中有沒有吃食碗碟之物做出了隱瞞，可表情間卻透露出她對此是知情的，而我在提到印刀之時，她雖然面色不安，卻直視著我，目光堅定而冷靜地說她在慌亂間挪行李細軟離開，所以並未發覺旁的異狀……」

拾娘脫口而出：「大人懷疑張陸氏此人不簡單？」

「是，而且妳可曾留意到正堂放置在窗櫺前的一只綠釉陶壺，上頭斜插著一枝姿態清傲的紅梅，陶壺邊依偎著個小小精巧美麗、身著嫁衣的偶雛？」裴行真忽然問。

她點點頭。「卑職注意到了，還有正在抄的經書和文房四寶，張陸氏袖子還沾了幾滴墨漬。」

「沒錯，」裴行眞頷首。「爲死去的夫君抄經書極爲正常，但恐怕張生的死對於她而言，並不全然是悲痛……她還有興致取出講究的綠釉陶壺，在上頭插著不知何處摘下的一枝紅梅，而陶壺邊放著的小小偶雕是個新娘子，可這樣的偶雕通常都是做一對兒。」

紅梅……單只新娘小偶雕……

不知怎地，拾娘心下微微一寒。「就好像她還是挺高興自己喪偶的。」

「妳也覺得不對勁？」

「對，如今想起來有點毛。」拾娘腰背一挺，目光銳利道：「大人，卑職安排府衙內可靠人手去盯住張陸氏主僕？」

「有勞拾娘了。」他眼神柔軟了起來，從五斗櫃中取出文房四寶，親自研墨。「妳可手書一封，讓玄機送去。」

拾娘也不客氣，接過他遞與的狼毫，匆匆瀟灑書就一紙調度令，而後摘下腰間的司法參軍牌子，一股兒塞給了守在車窗外的玄機。

——敢在老娘的地盤上故弄玄虛，忒也太大膽了，就不知老娘手底下多的是捕快差役打手嗎？

裴行眞見她英姿勃發虎虎生威，心下更是喜歡。

「對了，那程府崔氏那裡，大人預備什麼時候過去盤問？」拾娘沉吟，提議道：「或者卑職稍後下馬先趕往城東問案，我們兵分二路免得耽誤時辰？」

「都過了一個月，主要案情依然膠著在原地，已經不趕在這一時了；況且程府有果毅都尉的名頭鎮著，妳隻身前去容易吃虧。」他堅持道：「待普救寺搜查完後，若今日時辰不晚，我們再一道去便是。」

「卑職不會吃虧的。」她認眞道：「折衝府果毅都尉官銜再大，可我領的是刺史府衙的俸祿，追查命案乃職責所在，程府也為難不了我，他們再不高興，至多也只能給我臉色看看，於我不痛不癢……況且我手底下還有一大班兄弟呢，論打架就沒輸過誰。」

他被她逗笑了。

「大人不信？」

「我自然信妳，只不過妳我既有此機緣相合，能同進同出同辦此案，我便不允許我的人有任何一絲被刁難、受委屈的可能。」他嗓音低沉有力，鏗然若金石。

「──所以，我們一起，好嗎？」

拾娘心下一熱，眼眶有些發酸……

裴大人，眞的很好呢。

放眼公門當差的，誰不想遇著個令人願意爲之效命，又深可倚仗的好上官？

便拿自家孫刺史來說，已然是世間難得的上級了，對於他們這些參軍一向信重，也會盡力爲他們頂住各方壓力。

可州縣地幅遼闊，治下的商、田、法、民生等等……固然一切依大唐律法而行，但總有些地方甚至更上頭的勢力，都想從中收攏錢權等好處。

而一州刺史軍政兩手抓，所處地理和政治位置卻極其微妙，要管轄，要制衡，很多時候便不能仗著自己的性情來。

所以他們這些麾下的參軍夾在中間，被削削面子、罵罵走狗什麼的，也是尋常之事。

委屈嗎？

自然也是覺得委屈的，自己不過是履行公務盡忠職守，怎麼就有那麼千百個彎彎繞繞的心眼兒要注意？明明做了實事好事，怎還落得兩面不是人？

——只是這天下，當什麼差能不受委屈呢？

說句大不敬的，便是聖人，那不也是三天兩頭就被監察御史那些老大人們直言進諫，口水都快噴到臉上去了，還得強忍下火氣，拿出帕子擦擦龍顏，讚一聲「愛卿為國諍言，辛苦了」……

大道理一套一套的，大家都清楚，平時打落牙齒和血吞忍著也不妨事，可如今卻有人目光堅定、嗓音朗闊地對自己說——

我不允許我的人有任何一絲被刁難、受委屈的可能！

她眼底流露出一抹深深感動激蕩之色，剎那間驀然雄心萬丈，慷慨振奮起來。

「大人，我們一定能很快就能破案，逮到兇手的！」

裴行眞鳳眸燦然如烈陽。「是，我們會的。」

兩人目光交觸，瞬間相視而笑。

✦

城東　程府

下元節將至，崔鶯鶯擬出需添購的過節單子和祭祀禮單，方交與了譚婆去處理，便看見紅娘興奮地小碎步奔來——

「娘子，阿郎回來了……阿郎回來了……」

崔鶯鶯清艷臉龐微微一紅，低聲道：「阿郎到何處了？」

「剛下馬，現在在外院，」紅娘羨慕地道：「娘子，阿郎可眞疼您，前不久才從折衝府趕回來，今兒又回了。」

「莫胡說，阿郎應當也是有正事才回城的。」她輕斥道：「他平時忙於軍務，外頭不知道有多少雙眼睛盯著，這般輕狂的話若傳了出去，叫人平白冤枉了阿郎怎生是好？」

紅娘撇了撇嘴，有些不是滋味。「娘子這是幾次爲了阿郎斥責奴了？可見眞是厭棄了奴了……」

崔鶯鶯長長的睫毛低垂，掩住了眸底複雜意味。「妳我多年主僕，情誼深厚，若不是怕妳嘴快沒分寸犯了府規，我何嘗願意這樣時時提醒與妳？」

紅娘向來是個給根桿兒就往上爬的，聞言笑嘻嘻地挽住了崔鶯鶯的手。「奴就知道娘子捨不得奴難過，嘴上責罵，實則還是關心奴的。」

「是啊，我向來是捨不得妳難過的……」崔鶯鶯窈窕纖弱身形不著痕跡地微僵，而後幽幽微笑。

就在此時，一個高大健碩的武將匆匆大步而入，在看見那個自己朝思暮想的嬌弱身影時，周身的煞氣騰騰頓時化爲了溫柔小心，隱隱透著喜悅地喚道——

「鶯鶯，我、我回來了。」

崔鶯鶯身子輕顫，緩緩起身望向那個在入冬寒風裡因趕路兒熱出滿頭汗的魁梧丈夫，心口不自禁細細酸楚了起來。

這傻子……

「夫君。」她含淚低喚。

程六郎來到了面前，看著不過幾日又彷彿清瘦了些的愛妻，心疼道：「這些天睡得可好？那些不長眼的又來擾妳了？我同妳說過，萬事都有我在呢，妳別怕。」

鶯鶯鼻頭一酸，搖搖頭道：「我沒事，我很好，夫君不須擔心我。」

程六郎小心翼翼呵護地攙扶著妻子。「外頭冷，妳回屋裡歇著，有什麼話我們慢慢兒說，我這次又帶回了幾支上好野山蔘給妳補補身子，聽那些山民們說，這上了百年的野蔘最養人了。」

她心裡頓覺溫暖，抿著唇兒羞澀地笑了。「我日日在府裡錦衣玉食，也沒什麼操心的事，身子一向也好，你何須再費那個銀錢買這麼貴的百年蔘？」

「妳過去夜裡總咳，郎中說是胎裡帶來的氣虛，千萬得精心調養才是，咱們府裡有的是銀子，便是每天吃上一碗獨蔘湯也花不了幾個錢。」程六郎自是感覺得出妻子近日待他親近了幾分，心下大喜，眉開眼笑道。

「——況且好不容易這兩個月來，妳養得面色紅潤了些，千萬不能再前功盡棄了。」程六郎想到自家娘子氣色一日比一日好，便覺歡喜不已。

肯定是那些上等珍貴補品的功勞！

「好，都聽夫君的。」鶯鶯偎靠在高大強壯的丈夫身邊，聽他叨叨絮絮，盡是關懷之意，幾乎落淚。

成婚以來的這些日子，她太不知珍惜，滿心滿腦只留戀著過去和張生那段刻骨銘心又愛又恨的舊情，把自己過得人不人鬼不鬼……

她也辜負了這樣世間難得，既英偉又磊落的丈夫。

自己，著實配不上六郎啊……

程六郎不知她此刻心緒紛雜，一顆心像是泡在蜜水裡，下一刻又浸入苦水中，兀自興高采烈道：「——鶯鶯，我還讓人弄了批上好的皮子，貂皮狐皮熊皮都有，待硝製好以後給妳做大氅，便是拿來鋪在榻上做褥子也暖和得不得了，妳可喜歡？」

「喜歡。」她淚光閃爍，忙低下頭遮掩，輕輕道。

程六郎喜不自勝，簡直連手腳都不知道該往哪放才好。

往日妻子眉宇間總籠著著層輕愁，就算人日日在他眼前，也彷彿離得他很遠很遠……

可如今不一樣了，妻子對著他笑容也多了，甚至譚婆都私下偷偷來報，說娘子近日精心打理中饋，處處安排得井井有條，還親自幫阿郎縫製了衣衫鞋襪，繡出來的飛鷹和猛虎神氣十足活靈活現，阿郎穿上身定然更加英氣逼人。

程六郎欣喜若狂又受寵若驚，忍不住低頭滿眼憐愛地望著鶯鶯，笨拙又真摯地道：「娘子，往後我一定待妳更好，妳相信我。」

「我相信六郎。」她強自眨去淚意，仰頭對他嫣然一笑。「夫君，你已經是這世上待鶯鶯最好的人了。」

如果她早些識得他就好了，那麼也不會經歷那麼多風風雨雨和腌臢不堪，如今身心俱創、清譽全毀……

……甚至成爲了鐵骨錚錚程六郎的恥辱。

她就算身居內院之中，也大略知曉外頭人都是怎麼說自己的，尤其是六郎的親族同僚兄弟，更是爲六郎憤憤不平，直說他做了冤大頭。

初始，她並不在乎這樁婚姻，因爲自從被張郎拋棄後，自己就是一具行屍走肉了，世間種種喜憎好壞又與她何干？

可現在，她卻越發覺得自己對不起六郎。

「以後還會更好的。」程六郎咧嘴一笑，拍胸膛向她保證。

「以後……」她眸底又浮現了淚霧。「嗯，我等著。」

程六郎挽著愛妻歡歡喜喜往內室去了，後頭隨侍的紅娘卻看得又豔羨又忌妒，心頭像有無數根針戳似的，暗暗地絞皺了手中的絹帕。

娘子如今是掉進蜜罐子裡了……

可憐的張家阿郎，如今屍骨未寒，聽說還躺在府衙裡遲遲未能入殮發喪，娘子便看在舊日情面上，也該為他著幾日素服，或打聽打聽他的後事如何發落，治上一份厚厚的奠儀才是。

但娘子現下只顧著自己快活，何曾為張生哭上一場？又……何曾想過拉拔她一把？

紅娘心如亂麻，忽兒回想起當初張生和娘子如膠似漆情深意濃的時候，自己這個嬌俏的紅娘也得了幾次張生的憐愛，並悄悄兒允諾，待娘子嫁入張家後，就能和娘子一同服侍他。

屆時妻妾和美、紅袖添香，更是人人口中的一樁風流雅事。

可萬萬沒想到娘子後來遭張生厭棄，自己連帶也失卻了脫離奴籍，成為人上人的天賜良機……

現在就更不用說了，六郎眼裡就從沒看見過她這個嬌美的女婢，娘子更是裝作不記得，她這個陪嫁女婢就是在娘子身子不便的時候，幫娘子給阿郎暖床的。

難道自己這輩子就要繼續這樣在塵埃泥地裡打滾，熬到花期已過、容色不再，最後年紀老大，被草草配給府中的小廝嗎？

她不甘心……

第九章

裴行眞一行人上山抵達普救寺時，已經接近晌午了。

普救寺位於半山腰，馬車只能停在山下的角亭內，往常上山拜菩薩的人，若非靠著雙腿親自爬五百級石階上去，就是花幾十個大錢僱腳夫用肩輿抬上去。

貴人或富戶的家眷也都是這樣上得山，否則這些平常手不能提肩不能挑的婦人和小娘子們，爬完這麼高的石階恐怕都要去掉半條命了，哪裡還有力氣進寺裡到佛前敬香？

但自從日前普救寺發生命案，主持便決定暫時大閉山門，等官府查完案有了結果後，方重新接待香客。

然而在普救寺閉寺前，就有不少百姓覺得這好好兒的佛門淨地居然死了人，哪怕菩薩再靈驗，大家夥兒也怕得很，有點兒……咳，嫌晦氣。

所以即便主持僧人們依然門戶大開，恭迎香客入寺，怕也沒幾個人有膽子敢來。

裴行眞和拾娘率先到西廂院勘查命案現場，玄機則是受命在寺裡打聽些事，最好能問出些疏漏了的線索。

裴行眞親自撕開了西廂房上的官府封條，推開房門，撲面而來就是一股混合著淡淡血腥和複雜霉味的濁氣……

午時陽光正熾，他倆也不用再另行點燈，便開始在敞亮寬闊的西廂房開始一一查看起來。

這裡說是房，實則是廳房相連的格局。

踏入房內，首先看到的是清幽雅致的竹編月洞門，因著佛寺重簡樸清淨，所以左右未垂掛錦繡紗幕，所以一眼就能見到充作歇息飲食用的長條矮案和素色火麻布蓆子。

矮案上已經積了些灰塵，卻沒有湯碗食具在上頭停留過的印子，顯然兇手把所有一切可能暴露的印跡都細心抹去了。

這裡頭所有的器物，都是寺裡會準備的東西，沒有任何看著眼生且突兀之物。房間的兩邊只擺放了簡單的黃木五斗櫃，還有兩只擱衣袍用的架子，再往裡便是大大的床榻，下頭藏不了人的那種。

而房內共有三扇窗欞，兩扇開在房門左右牆面，另一扇則是開在床榻另一側的牆面上，若推開木雕紗窗往外頭望，小小一、兩步開外便是令人觀之膽戰心驚、冷汗肆流的懸崖峭壁。

拾娘老練地搜查起櫃子、床榻，尤其側重於床褥上，有無落下什麼肉眼難以一眼看出的線索。

「床鋪被褥除了衙役們搬動屍體時造成的皺褶外，餘下的也太整齊了。」她起身，雙眼發亮。「這麼整齊，就古怪了。」

他走了過來，點點頭道：「確實不正常。」

「中毒之人，因為受不住痛苦便會本能掙扎，抓耙胸前衣襟領子處，試圖將毒物吐出，但『雪上一枝蒿』毒性劇烈，發得又猛又快，嘔吐流涎，絕不會只沾染到身上，床榻上，甚至床下也都會有。」拾娘解說道。

「兇手非常謹慎仔細，想必是把床褥都換過了，且換的還是寺裡相同的被褥。」

「是，兇手如果若非身高體健力氣極大，足以輕易抱起身長近六尺的張生再更換被褥，那麼就是——」

「兇手有兩人以上。」他眸中精光一閃。

「我也這麼想。」拾娘鄭重點頭。「世間少有眞正完美無瑕和天衣無縫的殺人計畫，只要做了就會有印跡，有時越是描補，越是漏洞百出。」

裴行眞看著她，心下激賞之情更盛，嘴角不自禁深深揚起。「卓娘子說得極好。」

她有點耳熱，撓了撓，清清喉嚨道：「稍後我會去問問寺裡僧人們，有沒有遺失一套被褥，或者有沒有哪間禪房或居士寮房是缺了被褥的。」

他也溫和道：「我方才命玄機去取來香客寄住寺中寮房的名冊，或者也可從中找找蛛絲馬跡。」

此案明顯傾向於熟人作案，兇手若擔心遭人嫌疑，應當會混入做水陸道場的香客中，而不會大模大樣地訂寮房休憩，留下自己的名字。

可也不得不提防兇手故意反其道而行，縱使出現在名冊上頭，也已然做出足夠的不在場證明，反套路了官府一著！

……然無論如何，線索總是越多越好。

兩人又分別檢查起旁處，裴行眞在敲敲打打確定沒有地道和暗門後，便將注意力放在了房門和幾扇窗櫺上。

房門內上下兩道栓，現場圖繪是兩道都給拴上了，所以僧人們猛力撞了許久才得以撞斷開來。

後來封鎖現場之時，也只能把房門帶上，貼上官府封條，站在房間裡頭，就能清楚瞧見被房門板內側破壞的痕跡，還有地面上因門閂斷折散落四處的木屑。

房門同牆面的兩扇是圓形的卍字雕花石窗，糊上了窗紗，裡頭也做了遮雨用的假窗櫺，依然是從內栓上的。

就算裡頭沒拴上，縱使學了軟骨功之人，也無法強行穿過這只有貍奴或耗子才鑽得過的卍字石窗。

所以，唯一能出入的只剩下了面對懸崖的這扇木雕大窗。

他目光落在上頭的單柄木栓上，嘴角微揚——

「卓娘子來看。」

「有發現了？」拾娘正在檢查床底，聞聲猛然抬頭望來。

「這扇窗的木栓下方有深深淺淺刮痕，看著不是多年反覆摩擦闔合落下的舊痕，倒像由薄刃造成的。」他道。

「噫？」拾娘迅速來到他身邊，凝眸一瞧，微露喜色。「兇手應該是殺人後翻窗而出，再用利刃隔著窗縫慢慢把木栓騰挪鎖上孔縫中，只是窗外腳下僅有細窄兩步容身之處，萬一一個弄不好腳跟稍稍往後，便會失勢墜入斷崖……尋常人，只怕沒有這樣的膽識。」

「兇手膽大心細，也許也熟練有素。」

「身手眞不錯，」她興奮道：「我們以前軍中斥候營的兄弟，最擅長的本領之一，也是神不知鬼不覺地撬開門窗的栓子，然後再把它蹭回去……莫非，兇手也是行伍出身？」

行伍之人，不是士兵就是……武將?!

難道兇手便是本案關係人之一，武藝高強且身在軍隊中的折衝府果毅都尉——程六郎！

拾娘臉色微變，心情莫名有些沉甸甸起來。

她也是戰場上退下來的，對於軍人有種天然的信任與親近。

最不願意看到的，也是原本保家衛國、沙場征戰的將士兄弟好兒郎們，一朝誤入歧途、鑄下大錯……

所以即便線索指向嫌疑大增的程六郎，她還是不願貿然斷定此人絕對是兇手無誤。

而顯然，裴行眞行事作風亦同樣求審愼嚴謹。

他聞言沉思片刻，搖搖頭道：「軍人是個追查的方向，可也不是只有行伍出身的才能辦到這點。有些長年入室盜竊，手腳麻利的膽大慣犯，對於這一門用薄刀撬門鎖門的功夫也不陌生。」

她鬆了口氣。「對，不能就此驟下論斷。」

他對著她輕輕一笑。「而且，妳來仔細看一看木栓上的劃痕，有沒有覺得哪裡不對勁？」

拾娘越發專注湊近看，指尖在上頭摸索，剎那間領會了他的意思。「劃痕有深有淺歪七扭八，此人並非老手！」

「我也這麼認爲。」

拾娘有一絲慚愧。「多虧裴大人，是我疏忽了。」

「不過是相互提醒罷了，在驛站一案中，卓娘子也留意到許多裴某不曾發覺的線索，不是嗎？」

「裴大人，你人眞好。」她目露尊敬道。

他一滯，笑容微凝……等等，自己想要的不是她小輩仰望長輩的這款「尊敬」啊！

「兇手很小心，窗櫺這一頭除了木栓上的劃痕之外，什麼都沒有。」拾娘卻不知他內心糾結，又上上下下仔細四邊查看。「連刮蹭下一條衣衫的絲線也無，現在也只能指望過了一個月後，經風吹日曬大雨淋，外頭那僅容兩腳寬窄隻身可立的地面上，還能有點什麼線索留下了。」

「我們便去外頭看一看吧？」他劍眉舒展輕揚。

「好。」

✦

他們踏出了房門，行經院子時，裴行眞目光忽然落在那沿著牆角生長多年的杏花樹，如今入冬已然花葉凋零，唯有光禿禿的粗壯枝枒橫生。

「大人，怎麼了？」拾娘注意到他的異狀。

「妳知道張生與崔鶯鶯的『傳奇』嗎？」

拾娘想了想。「卑職在坊間偶然聽過那麼一耳朵，知道張生在西廂勾引了情竇初開的無知女郎後，又始亂終棄，不是個東西。」

他啞然一笑。「是，還有呢？」

「張生是個不折不扣的渾球。」她想也不想地道。

雖然人都死了，死者爲大，但不代表他生前就不是個混帳點心。

這下裴行眞再也忍俊不住，低低笑出了聲來。

「卑職這樣說是不是不大好？」她有點心不甘情不願地承認。「我會戮力追查出殺他的兇手，但這不妨礙我的道德觀認定他就是個——」

風雅的裴大人就佇立在跟前，笑意吟吟地看著她。「是個什麼？」

她默默把「狗娘養的」四個字吞了回去，咳了一聲。「沒什麼，大人剛剛問我是否聽過張生和崔鶯鶯過往情事，又和那株杏花樹有甚關係？」

「據說，當初張生便是月夜下自隔壁院子爬過這株杏花樹，到西廂和崔鶯鶯相會的。」

拾娘聞言盯著杏花樹看了一瞬，「好好一棵樹，倒叫登徒子糟蹋了，被迫成了幫兇，留下此惡名。」

裴行眞笑容一頓，「卓娘子觀點果然新奇別致，世人都道張生爲情所動，發自肺腑……」

「喔，」拾娘眨眨眼。「那倘若住在西廂的是大人之女，有個兒郎爬過杏花樹來，滿口深情意欲求歡，大人怎麼看？」

「——我必將此狗賊碎屍萬段！」裴行眞腦子一轟，咬牙切齒衝口而出。

「大人說得好！」她熱烈拍掌。

老娘也是這麼想的。

裴行眞看著她笑嘻嘻的小臉，自覺失態，卻也忍不住笑嘆道：「卓娘子不必試探我，行眞雖然也是男子，卻也看不慣張生行事爲人，大丈夫頂天立地，若不能施展所長保家衛國，也當護佑家中婦幼老小，不受世情搓磨之苦。而張生即使才華洋溢、孤傲俊美，可說到底，骨子裡就是個驕狂刻薄之人。」

「大人說得眞好，卑職聽著也暢快。」拾娘雙眸明亮，神采奕奕，坦承老實道：「也幸虧大人說了這番話，若是大人也覺著張生不過是少年人風流一場，無傷大雅，那卑職可能會忍不住想以下犯上，給大人一拳。」

三妻四妾是世情使然，但下流就不是了。

「行眞逃出一劫，甚是幸哉。」他絲毫沒有被冒犯的感覺，反倒笑得更歡。

「好說好說。」她拱手。「只不過卑職身在公門，也知快意恩仇雖爽快，可若人人都只憑仗著一腔意氣，自訂心中是非，視律法爲無物，那麼豈不是天下大亂？」

他鳳眼閃閃生光，心口震蕩熱烈。「卓娘子與我志同道合、氣味相投，行眞……心中很是歡喜。」

拾娘露齒一笑。「得遇大人這樣的上官，拾娘也深感榮幸。」

「行眞不是這個意——」

「走吧，我們繞到後頭看去！」

裴行眞苦無解釋之機，眉宇透著無奈又笑意溫柔，還是很快跟上去了。

✦

窗臺後面果然緊窄，處處危機，裴行眞這樣六尺以上的高眺男子僅能側身單步騰挪前進，稍有不愼就能踩滑土石掉進一旁的萬丈深淵中了。

還是拾娘身子嬌小些又身手俐落，過去勘查一番後，在裴行眞不斷緊張關懷的一連串叮囑小心中，終於，在一炷香辰光後慢慢回轉到了後方寬敞些的草地上。

「如何？有何發現？」裴行眞見她全鬚全尾，連根髮絲也沒掉地回到自己跟前，終於放下了一直高懸著的心，方才問道。

「只有外頭窗框下方勾著了一絲絳色綢線，卑職已經將之取下了。且我猜，兇手應該是把毒碗碟和換下來的髒污被褥等物，全數都扔下懸崖毀屍滅跡。」她指尖緊緊捏著那絲絳色綢線，交與裴行眞。「案件過了一月有餘，地面上早就沒有了鞋印等痕跡，但卑職卻有一個大膽的猜測……」

「兇手是女子。」他看著那條絳色綢線，細細在指腹間揉搓後，又復小心翼翼將之收入了隨身荷囊內，以供日後做爲物證，忽道。

「大人是因爲這絳色綢絲做出的研判嗎?」她一愣。

他微笑解釋：「嚴格來說，這條絲線並非綢絲，而是錦絲。錦，做之用功重，其價如金，故世人稱之爲『寸錦寸金』，錦又因經緯起花不同，分經錦和緯錦二種，雖說窗框抽下的這麼一綹兒，難以辨別出是屬於其中哪一種，但可確定的是，這是錦絲無誤。」

拾娘聽得一愣一愣的，不過想起裴大人出身長安門閥世家，高門貴公子自然對這些是如數家珍，不說旁的，便是他身上這一襲低調內斂的玄袍，衣料恐怕就抵得上她十年以上的俸祿。

「嗯，大人說得有道理。」她點點頭，十分敬服。

「況且，裴某做爲男兒雖身手尚可，可方才試著前進了幾步無果後，就知道以自己的身段勉強不得。」他微笑。「而卓娘子英氣煥發又具女子纖巧之姿，便能輕易出入……裴某，從不敢看輕天下任何一名女郎。」

拾娘眨眨眼，心下對於他又多了一絲好感。

裴大人聰明機變，不執拗自大，也勇於承認自己有所能、有所不能，在男人堆中，著實顯得格外……特別光華耀人。

「——誠然，雖亦有可能是幕後眞兇僱用個子矮小男子慣竊下的手，但買凶殺人卻是後患無窮，得冒著遭背叛舉發的危險，若是事後滅口，則又多了一樁命案，越發驚動官府，得不償失。」

「卑職認同大人研判，」她低頭思索。「兇手行爲舉止細心入微，連床褥衣衫這種可能尋常不會留心之處都格外嚴愼，符合了一般人對女子心思細膩的印象。」

「死者張生認識兇手，也認定兇手是不會對他不利之人，所以才會毫無防備地吃下兇手給的吃食。」

她猜測並推演。「死者生前應與兇手有約，所以他藉故對妻子發作，激得妻子或含淚傷心或氣憤拂袖而去，這才方便他與兇手在西廂相見。」

「那和他在碑林會面的是誰？」

「若非是同一人，那也是熟人。」他眸光熠熠。「或許是一個慣常或曾經從中傳訊的信人。」

兇手輪廓好似漸漸浮現了實影……

「崔鶯鶯和紅娘？」拾娘心一緊。

她亦有預感，這也許便是事件的眞相。

——於情於理，因恨因仇，崔鶯鶯原就是最有理由想要張生死的人。只是她一個平常弱不禁風，嬌養於錦繡叢中的女子，就算嫌疑重大，在眾人眼中也是個徒有殺人之心，卻無執行之力的。

反而愛她至深的程六郎，一開始就是他們要重點追查名單上的頭一人。

程六郎雖然案發時遠在折衝府演武場，兩軍對戰上千府兵演練之中，少了他一個也不見得顯眼，並不是全然沒有可能奔馳而歸，上山殺人後再疾行回營，混入演練隊伍中的。

可現下這臨崖緊窄，男子難以立足之處，也就成了爲程六郎劃去嫌疑的最好證明。

習武之人，再高的功夫也不是壁虎投胎轉世，能從深不見底的萬丈崖底攀緣而上，即便當眞做得到，也幸運不會力竭墜崖喪命，那毒湯又從何而來？張生又哪裡會蠢到喝下他送來的毒藥？

抽絲剝繭排除掉不可能的……

還是回到了崔鶯鶯身上。

但貴重如金的錦衣，崔鶯鶯必定會有，出身名門嫡枝的張陸氏也不見得沒有。

兩個女人一下子都有了嫌疑。

「還是得有更多確鑿的證據才行，如果可以的話，我們應盡快請刺史大人出具搜索文書，到崔氏和張陸氏居處找一找物證，只希望若是她們當中的任何一人，不會在事後便毀去了綢衣滅證才好。」拾娘嚴肅道。

「我猜，錦衣應當不會輕易被毀壞或焚燒，」裴行眞搖了搖頭。「錦衣價值千金，非必要之時，就算裁開了送至當舖或賣與絲綢舖子，都還能得百金之數。」

她聞言大大咋舌。「……那是，換作是我也捨不得。」

「卓娘子穿上錦衣必定美極。」他鳳眸含笑，明亮閃閃。

「不，我要有錦衣，就拿去賣了再換幾匹馬回來。」她眼神熱烈，興沖沖地道。

裴行眞忍俊不住，眼底笑意更濃了。「果然是巾幗英雄卓娘子。」

「大人這是在打趣我，我聽得出……只是我不明白，崔鶯鶯能有這樣好的身手嗎？她可是弱不禁風的嬌貴女郎，又不是我們這種大老粗。」拾娘疑惑。

「崔氏嫁的是武將世家程門。」裴行眞若有所思。「聽說程六郎疼她如命，武將家多的是滋補將養筋骨強身的祕方。」

她想了想，也覺得有道理，但這依然是他倆的揣度推測，不能當作實證。

「——等等！可張陸氏不是說過，當日她在城中程府前街口處，撞見了崔鶯鶯回府，若按時辰推算，崔鶯鶯是不可能有分身之術，能在普救寺西廂院中殺害張生的！」拾娘忽然想起，急急道。

坦白說，她內心深處……實在不希望那個可憐的女郎就是殺人罪犯。

裴行眞鳳眸深深地注視著她，依稀透著一絲溫柔和悲憫。

拾娘接觸到他意味深幽的目光，不知怎地心下沉了沉……

——裴大人，是知道……確信了什麼嗎？

裴行眞溫和道：「我會命人從懸崖下方入谷，搜查碗碟床褥等物，稍後我們下山就到程府……崔鶯鶯是不是眞兇，我們若能取得更多人證物證，甚至攻破其主僕心房，便可揭曉。」

拾娘心底有些沉鬱難受，還是挺直腰桿。「大人是想先從女婢紅娘下手？」

他點了點頭。

「此外，張陸氏除了神情行止有異，她的說詞也有古怪漏洞之處。」

「咦？」拾娘睜大了眼。

✦

普救寺僧人證實西廂院旁邊的那處寮房院落中，確實有一床鋪蓋不翼而飛，可他們還是閉寺後大肆打掃清點才知道的。

普救寺占地遼闊，大殿在前，偏殿左右，僧人禪房在偏殿東邊，西邊則是膳房柴房等。

後山杏花梅林蜿蜒清幽，便蓋了一排雅緻不俗房舍院落的居士寮房，因普救寺香火鼎盛，寄宿的香客和前來拜佛歇腳的貴人多，僧人們等閒也不敢多加打擾或關注。

下山後，裴行眞和匆匆趕至山腳下會合的玄機碰了面，他低聲吩咐了玄機什麼，只見玄機眼神一亮，執手一禮，而後身形如鬼魅般閃身就消失了。

拾娘心中大震！

沒想到玄機身手絕妙至斯，來去無影，倒像是傳說中那支唯獨聖人可差遣的隱衛神兵……

她目光凜然地暗暗打量著裴行眞，看他玉樹臨風倜儻矜貴，笑若春日滿朝華，怎麼看都是個長安風流子弟外加老狐狸似的文官。

嗯，應該是她自己想多了，想多了。

拾娘搖了搖頭。

最後，他和拾娘又連袂來到了程府。

刑部令牌和魚符一出，原本滿口「阿郎有令，府中內眷不見外客」的門房，也只得戰戰兢兢地開了門，恭恭敬敬將他們迎到外院會賓堂中，然後趕緊讓人去內院稟報自家主母。

會賓堂處處可看得出武將世家的恢弘大氣，而大門左右兩旁的侍衛一動不動地戍守在原地，卻暗中盯著他們倆一舉一動。

裴行眞和拾娘都是心志剛毅之輩，一個氣度優雅從容地研究著手中茶碗，一個則是坐得大馬金刀，面色清冷。

程府管家哈腰鞠躬在一旁陪著說話，不忘旁敲側擊打聽著兩位大人來意，只可惜裴大人心思深沉手腕圓滑，卓參軍左耳進右耳出面無表情……

「咳，勞煩兩位大人再稍等等，我們娘子這就來了。」管家的打探徒勞無功，最後只好乾巴巴笑道。

「不急，本官查案，舉凡所有涉及案件相關之人，都是上問上一問的。」裴行眞見晾得他差不多了，慢條斯理放下茶碗問道：「管家，據說案發當日，貴府大娘子曾出過府？」

「是，府衙楊大人來問案之時，小人們已經稟報得清清楚楚，絕不敢有半句虛言或隱瞞。」管家忙道：「我家大娘子那日去了書肆和裘衣鋪子，並未出過城，所以普救寺張家阿郎的命案，確實與我們大娘子無關。」

「她幾時出的門？又是何時回的府？」

「約莫是寅正出的門，申正回來。」管家正色道：「我們府中向來規矩嚴明，車馬出入都記載有冊的。」

「這般早？天都還沒亮呢。」拾娘忍不住脫口問。

「蒲州書肆和裘衣鋪子這麼早開張？」裴行眞挑眉。

管家遲疑了一下。「許是大娘子想四處走走散散心，故此早些出門，後來才到書肆和裘衣鋪的。」

「她是用過朝食出門的嗎？出行隨身之物都帶了些什麼？」

管家也不知眼前這位刑部大人，問的問題東一榔頭西一棒槌是幾個意思，滿心疑惑卻也不敢不答。「這……應當是用過的，不過內院歸譚婆所管，老奴是外院的人，又是個男子，不敢多置喙內院主母的事，至於出行那日隨身之物，老奴未曾親眼所見，確實不知。」

「那麼請那位譚婆來回話吧！」裴行眞微笑。

「這……」管家猶豫。

拾娘淡淡道：「刑部問案，不得推託，即便是貴府主人在此間也一樣，如果崔娘子是清白的，你們所說的每一句話都能爲她作證。」

管家冷汗涔涔。「是，是。」

只見管家趕忙命下人又去喚了譚婆來，譚婆匆匆趕至仍衣襬不亂、氣定神閒地緩緩跪下來磕頭見了禮。

「老奴譚婆，拜見兩位大人。」

「譚婆請起。」裴行眞溫煦如春風，將方才的問題又重複問了一遍。

雖是一個月前的日常瑣碎小事，譚婆卻是回答得極爲自然：「我家阿郎吩咐，日日都要燉一盅燕窩給我家娘子補身子，所以娘子的朝食都是一盅燕窩，至多再吃一、兩塊點心，至於那日娘子出門帶了什麼……女婢紅娘應該知道，對了，還有車夫錢小郎。」

拾娘也很好奇，裴大人的問話這麼雲裡來霧裡去的，是不是打算故意繞暈程府裡的人好套話？

裴行眞嘴角微揚，話題又一轉。「貴府內院一應事宜都由妳管事操持，內院是否只有大灶房一處供作烹煮飲食之用？」

眼前這俊美矜貴又氣度閒靜的大人，語氣溫柔眉目含笑，雖說是在問案，可卻彷彿鄰家兒郎在同熟識親近的大娘閒話家常，叫人怎麼也對他提不起防備之心來。

譚婆畢竟也是女人，明知面前的是刑部不得了的大人，可也是抵抗不了這麼俊俏的小郎君對自己言笑晏晏……

她老臉一紅，又想裴大人問的這些也不是什麼府中機密，便從善如流地答道：「回大人，內院除了大灶房煮食，供府中主子們和侍衛奴僕女婢們一日三餐外，按照慣例主院還配有小灶房，有時天寒地凍，從大灶房提膳食穿廊過巷的怕菜餚涼了，所以便會在小灶房再熱一熱，免得主子們吃了冷食，傷了脾胃。」

「小灶房也是一應菜蔬米麵醬醋皆備嗎？」

譚婆頓了一頓，猶疑道：「自然……是沒有大灶房豐富，不過燕窩蔘茶之類的補品，倒還是在小灶房燉熬居多。」

「喔，小灶房還有專屬的廚娘做這些？」他看著像是興味濃厚。

「主母不喜鋪張，燕盞是由大灶房挑好了後，送到小灶房由紅娘親自看著火燉的。」

裴行眞笑笑。「貴府主母好福氣，出身名門，想必平素也是十指不沾陽春水的。」

譚婆忍不住爲自家娘子崔鶯鶯說話：「大人，我家娘子雖然身子弱，可向來賢慧，雖說府中自有庖廚在，可娘子有時也會親自做些花折鵝糕、金碎香餅子等點心給阿郎品嘗。我們程府的當家主母，那是大大端得住的。」

「看來譚婆頗爲敬愛推崇貴府主母，」他凝視著譚婆，鳳眸炯炯。「可本官怎麼聽說，崔娘子自嫁入程府後，日日鬱鬱寡歡，難展歡顏？」

畢竟是多年掌管內院的積年老嬤嬤，譚婆瞬間警戒了起來。「……大人，那是外頭的人不明究理，喜歡胡亂揣測度人，我家娘子實則性情溫婉，知書達禮，主持中饋，府中上下自是無不敬服。」

他嘆息。「那想來是傳言誤人了……對了，崔娘子身邊親近服侍的女婢有幾人？各自性情如何？」

「娘子恬淡端莊不張揚，從不愛奴僕簇擁在側，只獨倚重貼身女婢紅娘一人，平時不論去哪裡都是帶著紅娘的，旁的女婢就是在二門三門外做做灑掃粗活罷了。」譚婆聽他又恢復家長裡短的悠然閒談，下意識鬆了口氣解釋道。

「那半個月來，府中灶房內廚可有打砸毀壞，或損毀丟失過什麼碗碟食盒之物？」

譚婆有些迷惑，本能點點頭道：「奴僕們磕磕碰碰的，難免都有……」

「大約都不見了些什麼器物？」

「呃，」譚婆想了想。「貴重的瓷器碟碗都在中饋錄冊上，奴僕們都份外小心，所以不仔細打砸摔壞或丟失的，都是些中等或普通的東西……比如輕白瓷碗，窯白瓷酒杯什麼的，喔，不過倒是丟失了一個漆紅雕花提盒，娘子說不是貴重之物，讓老奴們不用當回事兒，她也不會責罰奴僕的。」

裴行眞和拾娘目光交錯了一眼，看見彼此眼中光芒一閃……

拾娘興味濃厚地摩娑了娑下巴。

裴行眞則是點了點頭，又望向管家。「譚婆暫且可退下了，至於貴府當日接送崔娘子出門的車夫錢小郎可在？」

管家只得再命人叫了那車夫錢小郎來。

第十章

錢小郎哆嗦著跪了下來。「小人錢小郎，叩見大人。」

裴行眞和氣地道：「錢小郎，你且將那日接送崔娘子和紅娘由出府到回府的過程，詳細說來。」

錢小郎躊躇地看了管家一眼，見管家沒有什麼阻攔的意思，這才開口道：「——小人那日寅正送我家娘子出府，先是到東城門，大娘子領著紅娘爬上了塔樓說要看日出，後來待了一會兒風大，大娘子怕吹著風頭疼，就又回到馬車，讓小人驅車到書肆。」

「是哪間書肆？崔娘子去的都是同一家書肆嗎？」

「呃，書肆名叫『墨齋』，就開在城中紫薇大街上。」

「你可還記得那日，你家大娘子穿的是什麼顏色的衣衫？」

錢小郎撓了撓頭。「小的沒敢仔細窺視大娘子，只匆匆瞥了一眼，大娘子外頭的大氅好像是件鵝黃滾貂毛的，旁的就不知了。」

「好，你們到書肆，再然後呢？」

「大娘子一向在書肆中能逗留大半日，有時挑書挑到忘了時辰，還是小人和紅娘姊姊提醒她回府的，小人記得……那日好像還比平常要更晚一些。」錢小郎一頓。

「案卷上說，你未曾在書肆外頭等候，而是又駕馬車載女婢紅娘去裘衣舖子？」

「是。」錢小郎怯怯地點頭。

「由書肆到西城裘衣舖子需耗時多久？」

「回大人的話，西城來回若路上沒耽擱的話，約莫也要兩個時辰左右了。」

「那日你和紅娘取了裘衣回到書肆接人時，可還記得是幾時了？」裴行眞修長指尖輕敲矮案，沉吟問道。

錢小郎想了想。「應當……是申時初到書肆接的大娘子，因爲回到府裡錄冊交班時，已經近申正左右。」

「路上可有遇到什麼人什麼事？」

錢小郎欲言又止，面露爲難之色。

一旁的拾娘指尖鏘地重重一彈自己佩刀上的刀鞘，發出錚然如龍吟虎嘯的殺氣！

錢小郎渾身劇烈一抖，後頸發涼，嚇得忙脫口而出：「回、回大人，我們遇見了張家阿郎的娘子張陸氏攔住馬車，她和我們娘子吵了幾句，然後就走了。」

裴行眞眸底掠過一抹忍俊不住的笑意，悄悄瞥了拾娘一眼，而後才又問道：「你可還記得她們都吵了些什麼？」

錢小郎在管家的瞪眼和拾娘輕輕撫摸刀柄的威脅下，結結巴巴地把當日情景都說了。

果然，和張陸氏與他們說的一致。

拾娘聽完有些疑惑地瞄了瞄裴行眞——裴大人說張陸氏話裡有古怪，可她的供詞確實和錢小郎的證詞相符。

如若是兩方事前就對好口供，實則並未碰到面，可程府外頭大街上商舖林立，路人遊客如織，還有賣些小玩意兒的販子……只要多加打探，很容易就能印證出他們話中的眞僞。

崔氏和張陸氏沒必要編造這樣輕易能被拆穿的謊。

裴行眞聽了錢小郎的證詞，只是微微一笑，再問：「你們二人寅正前往西城取裘衣，申時初回到書肆，前後足足用了五個時辰，扣除來回路程兩個時辰左右，即便是路上車馬堵塞耽擱了，你們這當中還有兩個半時辰去了哪兒？又做了什麼？」

錢小郎萬萬沒想到這位大人對於時辰差這般敏銳，他開始心虛地哆嗦了起來，吞吞吐吐。「這……這……」

管家臉色難看起來，倒比裴行眞和拾娘更心急，氣急敗壞喊道：「你這狗殺才，大娘子讓你們去辦差事，你們居然膽敢趁機偷奸耍滑，把大娘子丟在書肆裡，還不快說！你們究竟去幹什麼醜事去了？」

也難怪管家暴跳如雷，程六郎平日在折衝府營盤內當職，府裡上下都信賴託付給自己這個老奴，沒想到他手底下竟然出了這樣的狗東西，若只是偷懶開小差還只是十幾個板子就能解決的，可假若是和紅娘私相授受……

奴僕嫁娶從來就由不得自己作主，一向掌握在各府主子手中，未經主子主母允許便暗中往來勾搭生情，便是外院私通，穢亂內院，重則是要被發賣或是打死的呀。

「沒有沒有，我和紅娘姊姊沒去做什麼醜事，」錢小郎慌了，嚇得臉色發白，連忙擺手。「……小人們萬萬不敢，只是大娘子平時在書肆一待就是半天一天的，小人和紅娘姊姊每每在外頭等得無趣，大娘子體恤下人，便會讓小人等去外頭轉轉，鬆散鬆散再回書肆，小人會到路邊一個大錢就能喝一碗茶的茗舖歇腿，聽人說閒話談古什麼的……那日，那日也一樣。」

「那紅娘呢？」裴行眞挑眉。

「紅娘姊姊會去……」錢小郎心一橫，只得坦然相告。「去瓦肆看雜耍唱戲。

不過大人，那裡雖是三教九流、販夫走卒廝混的地兒，但眾人去瓦肆就是圖個熱鬧，沒做什麼壞事的。」

「你方才不敢說，是怕你紅娘姊姊壞了名聲？」裴行眞笑問。

錢小郎臉一紅。「紅娘姊姊雖然平素跳脫嬌蠻了些，可也是頗好相處的……小人自知不該仗著大娘子寬容好性兒，就當眞扔下主子不管，自顧尋樂子去，所以小人甘願領罰。」

管家重重一哼。「待會兒下去自領三十板子，扣半年月錢。」

「喏，喏……」錢小郎苦了臉，卻也知道管家沒把自己逐出府外，已經算是看在大娘子的面上額外容情了。

就在此時，只見一個嬌弱嬝娜美麗身影款款而來，宛若天仙翩然而至，旁邊攙扶著她的女婢也是嬌俏可人，不過烏黑髮髻上簪著鮮亮嫵媚的紗花兒，眼尾刻意描得往上翹，顯然平時也不是什麼安分的……

拾娘不自覺悄悄瞥了裴行眞一眼。

「正主兒來了。」裴行眞沒有半點驚豔之色，而是側首對著她低道。

拾娘心下一跳，而後清了清喉嚨。「崔娘子果然容貌傾城，確實名不虛傳，我要是男子，一定捨不得叫她傷心難過受委屈的。」

「幸虧妳也是個女郎。」他鳳眸閃過一絲笑意。

拾娘挑眉。「我若不是個女郎，早就沒有張生什麼事了。」

兩人打嘴仗間，崔鶯鶯來到了跟前，微微伏首屈膝。「程府崔氏，拜見兩位大人。」

「崔娘子請坐。」裴行眞微笑，俊美容貌如皎皎明月，神態和煦如朗朗清風，令人見之忘俗，也全然生不起提防之心。「本官有幾句話想問問崔娘子，可以嗎？」

見今日來的並非那日凶神惡煞且毫不掩飾怒恨的楊大人，崔鶯鶯下意識鬆了口氣。

「裴大人請說。」她便也優雅溫婉地頷首。

「崔娘子，本官想問妳的是幾個假設性的問題，請崔娘子按著直覺反應回答，好嗎？」裴行眞親和地道。

崔鶯鶯怔了怔，眸底閃過一抹疑惑，隱隱有些戒備，可看見他全然無害的清俊柔和目光，本能再點了點頭。「好的……」

「如果妳是殺張生的兇手，妳會用匕首殺人嗎？」

「什麼？」崔鶯鶯一呆。

「如果妳是殺張生的兇手，妳會用頭簪殺人嗎？」

「我當然不——」崔鶯鶯懵了。

「如果妳是殺張生的兇手，妳會用軟枕殺人嗎？」

「裴大人你這——」

「如果妳是殺張生的兇手，妳會用磚頭殺人嗎？」

「我不——」

「如果妳是殺張生的兇手，會用『雪上一枝蒿』殺人嗎？」裴行眞語速清晰又迅速，令人全然措手不及。

只是這句話聲甫落，崔鶯鶯陡然臉色大變，豁然起身。「你怎麼知道……」

剎那間，全場靜默死寂成了一片。

崔鶯鶯身子搖晃了一下，她清麗傾城的小臉慘白如雪，不敢置信地瞪著裴行眞，更恨不能捂住自己的嘴。

可來不及了……

「果然，妳是用『雪上一枝蒿』毒殺的張生。」裴行眞平靜地道。

眾人震驚萬分，駭然又不敢相信地望著自家嬌嬌弱弱的大娘子！

大娘子……大娘子居然……就是殺了張生的兇手，還是……下毒？

拾娘則是在一旁看傻了眼——

天老爺，裴大人眞他娘的厲害，這樣也行？

她原來還做好了長期糾纏掰扯的準備，心裡盤算著一百個問題和線索想要一一驗證，可誰做夢想得到，裴大人一下子雷厲風行快如閃電的五句問話，立時就突破了崔娘子的戒備，令她反應不及地脫口認罪了?!

◆

四周安靜得針落可聞……

面色雪白若花瓣將凋的崔鶯鶯忽然笑了起來，眼神清明如秋水。「裴侍郎不愧是裴侍郎，鶯鶯心服口服。」

「大娘子……」程管家不知怎地老眼一酸，有點想落淚。

「大娘子……」錢小郎又緊張又慌亂又擔憂地看著自家大娘子，囁嚅著不知該說些什麼。

紅娘卻是本能地拉開了和崔鶯鶯間的距離，臉色惶恐畏懼地縮到了一旁。

崔鶯鶯對紅娘的反應一點也不意外，她輕輕嗤了一聲，清冷嗓音中透著譏諷和疲憊。「紅娘，妳總是這樣，有利可圖的時候，便巴著我這個大娘子吸著血不放，既想要輕省自在，又圖富貴榮華，可一有了什麼風雲變故，頭一個把我推出去祭旗的，也是妳。」

「大娘子，您、您怎麼能這樣說奴呢？奴打小跟著您，一向盡心盡力，奴知道您恨奴當初……現在又怕奴被阿郎看上，收做通房……」紅娘猛然抬頭，大聲喊冤。「您對奴心裡有氣，只管打罵奴便是了，可張家阿郎並不是奴要您去毒害的，您爲此遷怒於奴，太不公平了。」

崔鶯鶯還沒開口，風聞西廂三人舊事已久的拾娘再也忍不住，一個箭步上前狠狠揍了紅娘一拳！

「啊……」紅娘悽慘哀號倒地，噗地吐出了一口血和兩顆牙，又驚又痛又害怕又惶然。「大人泥……爲河麼……打偶？」

眾人也被這一驚變看得目瞪口呆。

「本參軍從不打女人，妳是例外。」拾娘面無表情。「看妳說話那個鳥樣，拳頭就癢。」

「泥……泥……」紅娘差點氣昏，可眼前這位偏偏又是她得罪不起的大人。

崔鶯鶯滿眼驚異又新奇地望著拾娘，慢慢地，眼眶溼潤晶瑩了起來，最後輕輕嘆了一口氣，真摯地對拾娘福了一福——

「謝謝卓參軍為鶯鶯出了這一口氣，鶯鶯自知犯下不可饒恕之死罪，也沒想過連累旁人。我不願去投案，不過是心存僥倖和……捨不得我家夫君罷了，可事到如今，我也無甚可隱瞞的，只是……」

「妳說。」拾娘神色冷清，可心裡卻是有些難過。

她最不樂見的情況發生了。

崔鶯鶯靜靜地望向裴行真。「我只想知道，裴大人是怎麼發現是我的？」

「不只是妳，妳和張陸氏應該是聯合密謀殺人。」

此話一出，又是石破天驚……

「不，不關表嫂的事，從頭至尾都只我一個兇手。」崔鶯鶯臉色發白，堅持道：「她只是個無辜的未亡人。」

裴行眞搖了搖頭，溫和卻堅持道：「令我一開始對妳二人生疑的，便是張陸氏證詞中的一段話。」

崔鶯鶯微震，喑啞而顫抖地問。「什……什麼話？」

「張陸氏曾說——按崔氏回府的時辰來看，當時她人就在城裡，而我夫君那時還好好兒地在寺裡西廂房內，她又如何殺完我夫君後便插翅飛回城，坐進馬車趕來和我碰個正著？」他淡淡道。

眾人一臉茫然，崔鶯鶯也搖搖頭道：「請恕我聽不出，表嫂這番話有什麼好令大人起疑心的？」

「張陸氏若非知情者，是不會清楚知道張生準確的死亡時間的，既然不知，她又是如何確定妳在城中時，張生還『好好兒』地待在寺裡西廂房內？」

崔鶯鶯呆掉了。

「張生雖是死亡時身在西廂房，也不代表辰時末從張陸氏出門，到酉時初她回來的這段期間，張生人一直在西廂房中，」裴行眞挑眉。「若張生從她一踏出西廂院後便也跟著出門在寺中溜達，直到酉時之前回到了西廂房才被人殺害呢？所以張陸氏斬釘截鐵說的話，有問題。」

拾娘暗暗咋舌……裴大人這推案的角度也太刁鑽了，居然這樣都能摳得出漏洞來？

崔鶯鶯啞口無言，半晌後勉強苦笑道：「表嫂她……」

「況且不只於此，張陸氏的反應太過違反常理，也違反人性，反倒透出幾分虛假來。」裴行眞再道：「張陸氏之前說懷疑妳，但她前面的指控，和後面自己的說詞，卻都無形之中在幫妳開脫嫌疑。」

「我……」

「按她所說，她既然疑心妳和張生舊情復燃，正常心理下定會萬分痛恨妳接害死了她的丈夫，便是沒事也要蠻纏胡攪三分，但張陸氏言語中對妳似有恨，眉宇間卻神色平淡，再加上她前後矛盾的證詞，反而證明了她知道內情，甚至妳們二人很可能就是利用這個——程府前頭大街上碰著面——的時間差，互爲佐證，好證實張生之死，妳們都不在現場。」

但越是刻意描補，越是畫蛇添足、啓人疑竇。

崔鶯鶯神情晦澀慘然……

「後來我和卓參軍上山，在西廂院內仔細搜查過後，發現床褥都是被換過的，向著懸崖的那扇窗栓有被薄刃深深淺淺隔劃頂弄的痕跡，那拴上的横木也有些鬆垮，便猜測兇手先是毒殺了張生後，又幫他換了衣衫，並將一應裝毒物的碟碗和沾染了他毒發嘔吐物的被褥衣衫全扔進了懸崖下，這才又在他胸膛上插了柄印刀，許是試圖混眞相，讓人誤以爲張生舉刀自盡……」

崔鶯鶯沉默。

「而後兇手再翻窗出外，沿著細窄得唯有身姿靈巧瘦削的女子才能通過的斷崖邊緣，成功離開了現場。」他忽地自腰間取下了一只荷囊，從中捏出了那一綹兒絳色錦絲，遞到崔鶯鶯眼前。「卓參軍也在外頭的窗框下發現了這一綹勾下的錦絲，那是妳當時身上穿的吧？」

崔鶯鶯凝視著那絡絳色錦絲，眼眶漸漸紅了，柔聲地道：「是，那是我身上絳紅色錦衣勾下來的絲兒，我夫君送我價值千金的錦衣，是爲了哄我歡喜，我卻穿著它去色誘張生，哄得他吃下我親手餵給他的毒餌糕點……可我不後悔。」

「是因爲他途經蒲州，又厚顏無恥地到程府求見妳嗎？」裴行眞嘆了一口氣。

「是，他刻薄自大，無情無義，自認是天下才子之首，卻一貫眼高手低，憑著一張俊俏皮囊哄騙女子入情，卻陰狠寡恩，令人心寒。」崔鶯鶯冷笑，「我此生最後悔與他西廂私會，爲這樣的人傾盡所有……如今他始亂終棄，我得另覓良人，他卻又來我夫君面前說三道四，字字句句都暗示我與他舊情難忘，只要我出來見他一面，必定又會爲他要生要死。」

眾人聽得皆是氣恨得咬牙切齒……

「我夫君程六郎是頂天立地保家衛國的錚錚男兒，怎麼能受他這樣腌臢下流之人的羞辱？」崔鶯鶯眼眶赤紅，淚如雨下，語氣卻很平靜。「——我夫君什麼都沒做錯，他不過是因爲娶了我，這才因我而蒙恥的。」

程老管家老淚縱橫。「大娘子，阿郎不會介意的啊……阿郎是個心胸寬闊的好男兒，他是眞心愛重您的呀！」

崔鶯鶯輕輕道：「我知道，所以我更覺得對不起他。」

「但妳爲了這樣的狗東西犯下殺人之罪，斷送了自己下半生，也斷了妳與程六郎的夫妻情深，一點都不值得！」拾娘又是氣憤又是心疼。「——妳想沒想過？」

「我都想過了。」崔鶯鶯嘆了口氣，眸光疲倦如即將逝去的星子。「計畫殺人之前，我什麼都想好了，只要能讓他永遠消失在這世上，無論要付出什麼代價……我都願意。」

她也已經太累、太累了……

初始最美麗的情花，卻開在最醜陋腐爛的泥土中猶沾沾自喜，可再回首，才發現沾上的那一身惡臭是永遠也洗不去了。

她的六郎啊，値得一個更純潔無瑕、溫婉美好的妻子，爲他主持中饋、生兒育女，和他鶼鰈情深、白頭到老。

就在此時，一個清亮的女聲堅定響起——

「還有我！」

眾人聞聲齊齊望了過去……看見一個身著素服面色蒼白清秀的女子，昂首闊步而來。

裴行眞無聲地低喟了口氣。

拾娘也心情複雜至極，一腔酸澀牢牢堵在心口……好生難受。

✦

張陸氏的到來，侃侃而述的證詞補足了所有細節。

鶯鶯見阻攔不住，也只好將當日情景一一道來。

——沒錯，張生之死，便是出自她倆的聯手設計，並幾經推敲、互爲佐證。

崔鶯鶯先是偷了程六郎的「雪上一枝蒿」外敷藥，加在提前揉製烘烤的酥點內餡中。

當日寅正，天未破曉，她便帶著紅娘和錢小郎出門說要到城牆上看日出，逗留片刻後，便在卯時初到書肆，並讓錢小郎駕車送紅娘出發前去西城拿裘衣。

她則是坐上「墨齋」的馬車悄悄往城外趕……

「墨齋」是她名下陪嫁的鋪子，沒有多少人知道，所以她和張陸氏魚雁往返擬訂計畫時，都是藉由「墨齋」通的信。

張生和張陸氏則是卯正時分在普救寺用的朝食，過後張生便匆匆照著前一封鶯鶯給他的「藏頭詩」指引，去到了碑林。

鶯鶯只肯短暫驚艷露面片刻，便和張生說想再與他在西廂房重溫舊夢，並且故意給了他第二封斷情詩，讓他可以假借這個名義，回去和張陸氏大吵一架，將張陸氏氣走，然後她就可以偷偷爬過杏花樹與他「相會」。

色慾薰心又風流自傲的張生自然答應了，故意尋釁對張陸氏大吼大叫，狠狠發了頓脾氣，張陸氏則假裝傷心離去，實際上是躲在杏花樹隔壁院落，等待崔鶯鶯和張生「私會」之時。

鶯鶯悄悄進了西廂房，先是略掩房門，接著滿面溫柔討好地哄騙張生吃下毒點心，待張生毒發後，就過去打暗號，讓張陸氏爬過杏花樹進西廂房。

她倆一起整理的案發現場，張陸氏深恨張生無恥，便拿放在箱籠中的印刀插進張生胸口，做出他自盡假象，然後悄悄走出西廂房，去尋自己的女婢阿廉和小廝，說阿郎大發雷霆，自己也忍不住和他吵了兩句嘴，阿郎氣得把自己攆出來鎖上門。

張陸氏表示自己後悔了和張生鬥氣，想下山買他喜歡的羊肉饆饠回來陪罪。

崔鶯鶯此時便在西廂房裡把門閂拴上，將那些換下來的髒衣物和被褥跟點心碟子提盒都扔進斷崖，自己攀窗而出，小心翼翼地回到了隔壁院子，再翻窗而入。

接著她狀若無事地悄悄下山，坐上書肆的馬車回到城裡，再和紅娘錢小郎會合……馬車回府途中，「恰恰好」和張陸氏碰面爭吵了幾句，製造時間差以做出不在場證明。

至於那件絳紅美艷的錦衣袍子，她並未發現被窗框勾抽了絲，但還是將之卷疊起來，塞進了「墨齋」的藏書閣某個塵封的箱子內。

崔鶯鶯說，自從兩個月前收到表嫂來信的那一刻起，她便決心殺了張生，所以為此在府中閉門不出，已經暗自鍛練身子，反覆練習測試上百遍。

張陸氏會和鶯鶯通信，則是因為偶然從醉酒後的張生口中得知，他能得到舉薦上任的職位，是他一個情人為他謀來的，那情人就是他上官的愛妾。

她還聽見張生和友人酒後狂言，說等路經蒲州時，必定要找崔鶯鶯重溫舊夢，再是不濟，也能叫鶯鶯的丈夫知道，他不過是撿了自己不要的舊鞋罷了。

區區莽夫武將，也想要占他一頭。

張生還吹噓，等到了晉州上任後，他便要再為自己納上兩房身嬌貌美又知情識趣的小妾，還說男人當了官兒，家中怎能無雅妾？還說自家娘子張陸氏好雖好，卻太端莊板正了，連在床上都放不開……

張陸氏深深厭惡張生為人，痛恨這樣的男人仗著容貌俊美才華過人，便到處騙了一個又一個女子，枕在女人的愛慕與眼淚中吃肉飲血。

所以她和崔鶯鶯有同樣的目標——殺了張生。

就算付出的代價是死，她們也不後悔。

她倆所有供詞全部說完後，程府大堂內靜默了很久很久……

眾人無不潸然淚下。

為兩個女郎的可憐可嘆，可恨又可敬。

裴行眞神色悵然，半晌後還是開口道：「將崔氏、陸氏兩名女郎暫時收押入牢，以待和後續證物呈堂審理。」

拾娘衝動地握緊拳頭想傾身攔在她倆跟前……可才一動，卻又想到了自己司法參軍的職責所在。

「喏！」她閉上眼，喉頭哽咽。

✦

在當晚崔氏和陸氏被收押入府衙大牢後，裴行眞口中的「後續證物」也陸續出現。

原來，玄機早前領命往山上趕，便是計畫在普救寺西廂房窗檽周圍牢靠處，綁了根長繩繫在腰間，手持可插入山壁止滑的寶劍，就此縱身往懸崖下跳。

玄機技高人膽大，也十分幸運地在位於窗檽正下方，懸崖半山一小方凸出的岩壁上，看到了正好墜掛在此處的被褥衣衫漆紅提盒等物。

他將之全部都收拾捆成了一包袱，連帶那摔得四分五裂的提盒也給一一撿了，最後都拎回去做呈堂證物。

而銀安則是從城門和縣衙的錄冊中，確認了當日「墨齋」的馬車有出入城門紀錄，查出「墨齋」的幕後東家也的確是長安崔氏，是崔家給鶯鶯的嫁妝舖子。

翌日破曉，得到消息的程六郎快馬狂奔回了來，渾身狼狽滿眼血紅地衝到了府衙大門，瘋狂擂門要見自家娘子。

孫刺史被驚動了，親自出來要攙扶起他，卻見一個高大英偉的年輕將軍痛哭失聲成了悽惶無依的稚子般，不斷重重磕頭懇求要見鶯鶯。

「求求刺史大人讓我見我娘子一面……末將只求大人再讓我們夫妻相見……鶯鶯都是爲了護我，我是她的丈夫，她如果有罪，也該由我來領受！」

「唉，程都尉，你這是何苦……」

「大人，我們夫婦倆死也要死在一塊兒，求大人容情，讓我和我娘子一起吧！」

程六郎咚咚咚地磕得額前一片血肉模糊。

孫刺史哪裡受得住這個，大驚失色忙攔住他再磕頭，並火速命人去請示裴行眞。

裴行眞一身白袍，墨髮梳起，玉簪綰髻，靜靜佇立在窗前，越發襯顯得清俊不可方物……可卻是眉宇鬱鬱。

「讓他們夫妻見一面吧。」

而程六郎頂著滿額滿臉的鮮血，心急如狂地大步飛也似地來到了潮溼晦暗的地牢大門前，他忽又想起什麼，連忙用袖子胡亂抹了抹額上臉上的鮮血，最後撕下一截衣襬，牢牢纏繞在額前磕破的傷口上，最後戴上了自己的兜鍪，確定自家娘子看不出來後，這才長吐了一口氣，大步而入……

「娘子，我來了。」程六郎一看到被單獨被囚在一室的崔鶯鶯，剎那間整顆心都要碎了。

他嬌弱的、溫柔的、捧在手掌心都疼不夠的愛妻，此刻卻蒼白憔悴地蜷縮在一方石榻上，儘管上頭有人好意鋪了被褥，可……可他的鶯鶯身子不好，如今又是這樣大冷的天，入夜後幾乎滴水成冰，她怎麼受得了這個？

「六郎，對不起。」崔鶯鶯淚光閃閃，柔聲地道：「你本就不該娶我的，日後還是早些忘了我，再娶上一房門當戶對、端雅賢淑的好妻室——」

「我不要別人，我只要鶯鶯。」他粗聲粗氣，含淚喑啞堅持道：「鶯鶯妳別怕，有夫君在，我不會讓妳有事的，再不濟我們一起上菜市口也就是了，十八年後還是一條好漢。」

「夫君胡說什麼？」鶯鶯小臉瞬間慘然變色，隔著囚欄低斥道：「你是當朝武將，平時都在折衝府，我所做下的事與你全無干係，你至多受我連累，得一頓申斥或罰俸幾年也就罷了，我一人做事一人當，你別——」

「娘子在哪裡，六郎就在哪裡。」他打斷她的話，吸了吸鼻子執拗道。

鶯鶯再怎麼堅強，此時也撐不住了，熱淚滾滾而落，跌撞爬向了牢欄，緊緊握住了他從剛剛就死命伸進來的大掌，粗糙卻溫暖的掌心指尖瞬間包裹住了她——

「夫君，你我成親還不到一年，你又何必癡心戀我至斯……」鶯鶯崩潰了，嗚嗚痛哭。

「別哭，娘子別哭……」他心疼萬分又笨拙地努力幫她擦眼淚。「我們夫妻雖然成親時日尚短，但是……但是兩年前我領兵前去鎮壓亂軍的時候，在普救寺就看到妳了……」

鶯鶯一呆，晶瑩淚水怔忡滑落。「什、什麼？」

「就是亂軍尚未困住普救寺前一個月，那時蒲州還風平浪靜，可折衝府已經收到軍報，鄴州起了兵亂，我受命領兵出發前往，抄捷徑上山便可省十日路程，所以我們府兵軍隊便自普救寺後山過……」程六郎粗獷英俊的臉上浮現了抹可疑的紅暈，小小聲地道：「……當時，妳正好登梯爬上屋簷拿毽子，那天妳穿著一身絳色衫子，小臉紅撲撲煞是可愛，眉開眼笑，彷彿眼底裝滿了太陽……」

鶯鶯屏住呼吸，不敢置信……心口滿滿甜蜜和酸澀悽楚，再度忍不住淚眼婆娑了。

原來，原來他們早在她識得張生前就見過面……

「我當時都看癡了，底下的兄弟都笑我是見著了仙女，」程六郎羞赧卻喜悅地咧嘴傻笑。「那時我便下定決心，我程六郎如果有幸能娶妳爲妻，發誓一輩子都要讓妳日日如那天那般快活自在！」

「夫君……六郎……」

「後來，後來等我凱旋歸來後，四處打聽妳是誰家女郎，這才得知妳已經回長安了，而那時妳很喜歡張生，喜歡到眼裡心裡只有他，我自然不能橫刀奪愛叫妳傷心，所以……便默默回了蒲州。」

鶯鶯捂著嘴嗚咽出聲。「傻子，你這個大傻子……」

「可老天垂憐，兜兜轉轉繞了一大圈兒，我還是幸運地娶到妳了。」他笑容裡盡是滿足。「所以鶯鶯，妳別怕，不管去到哪兒，六郎都陪著妳，好嗎？」

鶯鶯哭倒在冰冷的牢欄上，卻在下一瞬間被他隔著牢欄縫隙緊緊環抱住了，寬闊厚實暖和的胸膛一如過去每個有他的夜裡……

原來她曾經深深地不幸過，可現在，她也深深地幸福著。

不論這份溫暖能持續多久，鶯鶯覺得自己此生無憾了……

✦

而府衙的這一頭，拾娘也是一夜未能成眠。

她連家都沒回，在府衙裡裡外外走來走去踩了大半夜，望著天邊冷月，只覺得胸臆間悶窒彆屈得狠。

拾娘最後踱到了裴行眞門前，再忍不住上前了兩步。

「裴大人——」

「我知，」裴行眞回過身來，神色黯然，卻語氣堅毅。「但國有國法。」

若世人都因「情有可原」四字，便可擅自動手殺人，那這天下無法，豈不大亂？

聽到這樣的回覆，饒是拾娘這女漢子也憋不住了，眼淚奪眶而出——

「這太不公平了。」

她知道，崔鶯鶯和陸氏犯下的殺人之罪，最後判決若非絞刑就是斬刑……尤其是陸氏弒夫，在天下人眼中更屬大逆不道罪無可恕。

她們何嘗不想覓得良人，得以兩心相悅恩愛到老呢？

今日會走到這一步……那個死去的張生，得負九成以上的責任。

可她們面對斬刑或絞刑的定罪之罰，卻神色異常平靜，只說了皆不後悔。

……女子遇見張生這樣的男子，便猶如附骨之蛆，比死還令人痛苦。

裴行真看著拾娘冷艷又英氣的臉龐上，破天荒地流露出一抹恍若孩子般的迷茫脆弱，心下不由細細抽疼了一下！

他沉默了半晌，負手在後仰望千里之遠外的帝都長安方向，忽然開口道——

「待到明年秋斬之前，或有奇蹟。」

番外一

蒲州牢欄內，高處僅巴掌大的小小窄窗中，隱隱穿來些許稀罕的朝陽金光，照映出半空中盤旋飄浮的微塵……

崔鶯鶯一身粗布囚衣，靜靜蜷縮在角落。她數著這恍若自由自在的微塵浮光，像是在想什麼，又像是什麼都沒想。

牢裡陰氣溼冷，因著裴侍郎和卓參軍特別叮嚀，還有她夫婿程六郎的百般打點，石榻上鋪了厚厚的被褥，吃的喝的也比好些囚犯們精細，但崔鶯鶯短短幾天，已然瘦得厲害。

她其實早已存了死志。

幾日前，六郎粗糙卻暖和的大手穿過牢籠，緊緊握著她的手，不斷告訴她——

……鶯鶯，妳別怕，不管去到哪裡，六郎都陪著妳。

他寬大手心和指節間的溫度，彷彿還殘留在她手中，可抵擋一切霜寒夜露。

六郎那日說，此案經裴侍郎之手已直達上聽，若無意外，聖人當會批准三司會審，由刑部、御史臺、大理寺會同勘案，酌情以判。

六郎安慰著她，語氣中充滿堅定和信心，還叨叨絮絮說了已然去信長安，商請長安主家叔伯們，在朝上也使上一把力，正所謂律法之外，不外乎人情……

只要能脫逃死罪，便是流放三千里也不怕，他定是會亦步亦趨地陪著她的。即便流放之處再如何荒野苦寒，他們夫婦同心，便什麼都不需怕。

她此刻眼前彷彿還能看見六郎眸中的熱切和光亮……

可她這一生已經毀了，她決不會再讓六郎陪著她一同墜入泥沼中。

鶯鶯蜷縮在石榻角落，這些天一直在想，她究竟是如何走到今日這一步的呢？

……或者該怨那年，普救寺中，她明明不願拋頭露面和表兄張生一見，阿母卻罵她不知感恩，怎可不親自與表兄相謝救命之情？

還是該怨自幼和她一起長大的紅娘，總在她耳邊蠱惑訴說著張生的好，說張生如何偉岸俊美，才華過人，若錯失了這樣的良人，還不知阿母會將她胡亂嫁與怎樣富貴粗鄙漢子。

是啊，阿母爲了小弟，又有何人不能被犧牲？

小弟歡郎那時不過十歲，被阿母看得跟眼珠子一般，說崔家只有歡郎這根獨苗苗了，她們母女百般籌謀，都要爲了歡郎打算，否則便是對不起崔家，對不起阿父在天之靈。

所以表兄阻止兵禍累及崔家，保住了歡郎，那便是崔家的大恩人，只要能讓表兄高興，她這個閨閣女郎的尊嚴和名聲又算得了什麼呢？

都說禮教吃人，可阿母那日種種作派，卻是將她這個親生女兒，當作了席上可供人取樂的倡伎優伶之用。

所以……所以她骨子裡的逆反之心，便在那幾日翻騰如烈火灼燒起來。

明明知道會藉由紅娘牽線撩撥，敢寄與鄙靡孟浪之詞的表兄張生不是什麼好人，可她還是著魔了般任由自己放肆而行。

也不知是要報復阿母，還是報復那個恃恩貪色的表兄，抑或是這個束縛得女子沒有活路的人世間……

而那幾日的西廂竟夜纏綿，她內心深處何嘗不是也傻得誤以爲張生既然戀她至深，想來也是個至情至性之人，必不會有負於她……

鶯鶯長長吁了一口氣，望著那浮塵，忽地自嘲地笑了起來。

「……可實則我最該怨的，是我自己啊！」

空有人人讚嘆的美貌與才情，思想卻軟弱如泥，被那人遺棄之後便自怨自艾多時，又總是做出最錯誤的抉擇。

一如那歲的西廂情亂……

一如多年的傷春悲秋……

一如今時的毒殺張生……

虧她自詡聰明，做的卻無不是糊塗事。

殺張生，她不悔，但她早該先和六郎和離，去了程家婦的身分，如此再行殺手，便不會帶累損及六郎的官途和門楣了。

她，眞是蠢透了。

所以這樣的她，如何配得起颯爽磊落、寬厚朗朗的六郎？如何還有顏面讓六郎拋卻名門子弟的榮耀與前程，隨她一介罪婦流放千里？

死寂幽靜的大牢忽然自遠處傳來了沉重鐵門推開的聲音，有腳步聲簡潔俐落地由遠至近而來。

「——妳要見我？」

鶯鶯聞聲緩慢遲鈍地抬頭，看著佇立在牢欄之前，雖然有大半身子被獄中幽暗遮掩住，卻依然顯得英氣勃勃、光華照人的冷豔胡服女郎。

蒲州司法參軍——卓拾娘。

鶯鶯輕輕地，艱難地下了石榻，努力維持優雅地朝她恭敬一福身，沙啞道：「卓參軍安。」

卓拾娘面無表情，眼神卻微微柔和了一絲。「崔娘子找我，有事要交代？」

「妾自知待罪之身，手沾人命，此案縱使三司會審，判決下來依然重則斬刑，輕則流放三千里。」

「嗯。」卓拾娘點頭。

她們二人都知道此案嚴重，所以拾娘自然也不會多說些徒勞無用的安慰之詞。

鶯鶯下意識裹緊了自己，指尖冰涼地死死摳在衣邊。「……程六郎本就無辜，想必大人們經查後，便知他並未涉及此案，且歷年來戍守蒲州邊境有功，所以我想求卓參軍，可否請令尊卓大人將程六郎平調到其麾下？他素來忠誠威猛，定然不會令卓家軍失望的。」

卓拾娘皺了皺眉。「此乃軍務，歸兵部和折衝上府調度，我阿耶不會插手，也不該插手。」

「我知這樣的非份要求，是爲難卓參軍和卓大人了……」

「我阿耶雖不能，」她打斷了鶯鶯的話，微瞇起眼。「但程六郎可以自己請調，又何必捨近求遠？」

「他不會願意的。」鶯鶯苦澀地笑了。「妾今日這般忝不知恥，便是因為六郎說，他要拚卻一身功勳軍銜，陪我走這一遭……而我明知這是條死路，又如何能讓他本該為國拚搏的大好男兒，將前途和性命虛擲在我這一個不祥之人身上？」

卓拾娘沉默了一下。「妳看著是為他好，但若他自身不願，即便調令下來，他也不會遵行的。」

「所以妾只能藉由外力迫他接受，」鶯鶯凝視著她，滿眼懇求。「卓參軍，我家中沒落多年，六郎娶我，已是委屈了他，崔家非但對他沒有半分助益，我阿母更是處處倚仗著他這個女婿，在外頭得了不少好處，六郎是重情義之人，不該受到這樣的對待。」

她也是想藉由六郎的遠調，讓他徹底和他們崔氏斷了姻親干係。否則阿母不知道還要攀附在這個女婿身上，吸多久的血……

鶯鶯心頭酸澀悔愧更深。

拾娘看鶯鶯神色黯淡，忽然想起一事。

——蒲州是她的地盤，這幾日她又遍覽程、崔兩家的相關卷宗，得知崔鶯鶯之母鄭氏出身士族的庶女旁支，多年來慣常捧高踩低、審時度勢，在外頭的風評可不怎麼樣。

而崔鶯鶯和陸娘子聯手殺害張生的消息一出，流言便像長了翅膀，飛也似地傳到了鄭氏耳中。

鄭氏聞訊又驚又駭，立時就要跟崔鶯鶯劃清界線，口口聲聲說嫁出去的女兒潑出去的水，她既已是程家婦，就不是崔氏女，死生禍福都與崔家一概無關。

拾娘聽了拳頭都有些發癢了。

崔鶯鶯再有千般不是，難道還不是從她肚子裡出來的嗎？即便崔鶯鶯將來難逃死罪，她做阿母的臨了也該給她送一碗斷頭飯和訣別酒的，哪裡能這麼狠辣無情？

「妳……」拾娘欲言又止，最後還是沒忍心對囚於牢中的崔鶯鶯說出眼下崔家境況。

只聽崔鶯鶯續道：「我家雖是清河崔氏門閥遠支，但自阿父死後，舊日榮光不再，故友不復，如今也只剩幾分富貴錢財支應門庭，我阿母曾厚顏修書至長安崔氏族伯府上，希望將小弟歡郎送到崔府，請族伯調教一二，也依然無果。」

拾娘挑眉，有些詫異她居然會將如此家中祕辛相告。

不過再仔細一想，崔鶯鶯此刻身在囚籠之中，想保住夫婿程六郎的前程，自然只能示之以弱，動之以情……

「妳那族伯不肯？」

鶯鶯先是搖了搖頭，而後又點點頭，低聲道：「族伯起初是願意的，但府裡中饋庶務皆由主母竇夫人所掌，後來因著……因著我的緣故，竇夫人對於崔氏家風自然有所疑慮，我阿弟這事，就沒了下文。」

那時她與張生這段私情，被張生拿來在與長安同儕舊友間喝酒之時說笑用，張生還將她寫與他的書信詩句，傳遞於席上眾人觀看……

她的癡心與等待，自以爲的叛逆與愛情，最後全成了人人口中的風月笑話。

……經此，長安浪蕩子們誰人不知，她崔氏鶯鶯有多輕浮和自甘下賤？

長安崔氏何等名門，竇夫人又與聖人有親，又哪裡願意和她這樣的腌臢名聲牽扯上？

總之一切種種，皆歸咎是她太蠢。

鶯鶯閉上了眼睛，秀美豐盈的胸口劇烈起伏，好半晌才又消沉鎮定了下來。

所以不管怎麼說，她確實是對不住崔家，連累了歡郎。

拾娘看著她黯然自責中透著悲傷之色，心中惻隱更深，忽然開口道：「不是妳的錯，是他張生始亂終棄又嘴臭，沒有卵蛋！」

「……」鶯鶯一怔，猛然睜開嫵媚清艷的眸子，呆呆地望著氣呼呼的卓拾娘。

拾娘再也憋不住了，又連連罵了好幾句連軍中大漢都會臉紅的粗話，而後冷笑道：「自己見色起意，吃了不認帳，還把罪名髒水潑到妳頭上來，誣賴說妳是尤物、妖孽，更搬出商紂、周幽王的亡國例子，說他自己德不足以勝妖孽……全是放他娘的狗屁！」

鶯鶯目瞪口呆。

「是誰壓著他，強了他不成？」拾娘恨恨地呸了一聲。「管不好自己那張臭嘴和胯下二兩賤肉，還說是讀書人呢，我呸！少給咱們大唐全天下的讀書人丟臉了，這種貨色，連丟到我們軍中餵狗還嫌腥呢！」

「……」鶯鶯小嘴微張。

「我同妳說，妳就是太實誠了，對付這種人哪犯得著賠上自己？」拾娘越說越激動，只差沒擼袖子。「不說裴侍郎那個心機……咳，便是我們這些大老粗，多的是法子收拾他，往後妳得記著，術業有專攻，該討救兵就討救兵，一人計短兩人計長，拿自己的命豁出去拚，最不值當！」

她本就替崔鶯鶯和陸娘子的遭遇而深感憤慨，幾日前甚至還大晚上的跑去裴侍郎跟前大喊不公。

雖然國有國法，但像那等下三濫，卻是殺人不用刀，毀了女子們的一生，猶沾沾自喜、自詡風流多情……偏偏律法治不了賤人，可惡！

不過律法不管，這天下也多的是路見不平有人踩的……

不說旁的，她相信光是愛妻如命的程六郎，就有一百個整死張生卻不用犯法的法子。

可鶯鶯和陸娘子卻選擇了最慘烈決絕的一種……

根究到底，還不是因爲這世間嚴苛過度的禮教對女子心性猶如枷鎖纏身，這才叫她們羞於啓齒、求告無門。

對比拾娘的憤憤，方才還有些反應不過來的鶯鶯，驀然噗哧一笑，笑著笑著，眼底淚光粼粼起來。

拾娘一見她落淚，猛地噤聲。

呃，糟糕，居然把小女娘弄哭了……

「卓參軍，謝謝妳。」鶯鶯拭去了淚水，眼底的積鬱悲苦卻是消散了大半。

「謝我什麼？」拾娘有點侷促。「我並未幫上妳的忙。」

「不，妳幫了。」鶯鶯柔聲眞誠地道。

拾娘摩娑著下巴，還是想不明白……

這些文人啊才女啊什麼的，說話果然跟她這樣的大老粗不一樣，聽著讓人雲裡來霧裡去的。

嘖，裴侍郎也是這樣的。

「我要多謝妳讓我知曉，這世上女子原來不是只有一個活法，也謝謝妳點醒了我，我和陸姊姊爲了張生那樣腌臢的東西，不但誤了前半生，還毀了往後餘生……」鶯鶯胸臆間有說不出的舒暢，那口鬱鬱多年的悶澀也不見了。「確實，太不值了。」

拾娘眼露心疼之色。

她目光沉靜而恬淡，認眞道：「禮教吃人，那是因爲世間多數女郎同我一樣，習慣了被迫低下頭、跪上前，任由其吞噬……可卓參軍妳卻不會，謝謝，妳和我們不一樣。」

無論是探案、驗屍的本領，還是擁有不輸男兒的武藝，卓參軍都在人群之中顯得格外卓然出眾、熠熠發光。

誰說女子不如男兒？

拾娘撓撓頭，也十分坦白。「我能這般恣意，也是因爲我有個好阿耶，倘若今日換作妳是我，也能活得這般自在的。」

鶯鶯望著她，眼神溫柔中難掩一絲欣羨。「是，看得出令尊待妳如珠似玉，拿妳當翺翔天際的蒼鷹那般將養，而非豢養於籠中的燕雀，生死前程由人作主。」

「嗯，我阿耶說，人該與人爲善，但天王老子都別想叫誰打不還手、罵不還口——」她喀喀喀地捏緊了拳頭。「誰還不是人生父母養了？要不服，就揍到他服！」

鶯鶯微笑，隱有淚光。「眞好。」

「崔娘子……」拾娘眨眨眼，想安慰她，可自來性子在軍中混得粗豪慣了，面對這樣嬌嬌弱弱又憔悴可憐的小女娘，都覺得自己嘴更笨了。「……如果，呃，三司會審過後，妳能得不死，我可以教妳武藝。」

拳頭大，有時還是很有用的。

「好。」鶯鶯心思細膩聰慧，安能看不出她對自己的悲憫與不忍，更欣喜於這樣英姿颯爽的女中豪傑，對自己沒有半分嫌棄。「無論能否有命留下，妳都是我的恩師。」

拾娘尷尬地擺了擺手。「不過就是教幾手，哪裡就有恩了？更算不得是師……況且，妳眞正的心願，我也並未能幫妳完成。」

鶯鶯搖了搖頭。「不，妳幫我完成了，連我自己都不敢奢望過的心願。」

和與自己截然不同的卓參軍一番交心言談過後，短短片刻間，她已然頓悟豁達了許多。

是啊，這一生，她先是嬌養於錦繡閨閣內，所思所想，舉手投足，都在刻板模具之中生成，年少僅有的一次逆反之心，卻所遇非人以致形容慘澹。

後來的日子，她都在爲那個錯誤而悔恨贖罪自虐，結果虛擲了數載流光……

即便後來嫁給六郎，過上夫妻恩愛的日子，她心底深處也未眞正珍惜這個新生良機。

更多的，還是在自怨自艾，追悔莫及。

時至今日，她所做的種種更是錯上加錯，她……已然不能再用自以爲是的正確抉擇，去主宰六郎的路。

她不願連累六郎，但也不該再妄自左右他的意念。

那麼就是糟蹋了六郎待她的一片心，大大辱沒了他胸中那份至眞至性的夫妻情義。

所以她想明白了，無論此去是斬刑、是流放，她都尊重六郎陪伴她到最後一刻的念想。

人生苦短，她不會再浪費時光去後悔了。

「卓參軍，我可以最後求妳幫我轉告六郎一句話嗎？」

拾娘一怔。「妳說。」

「請告訴他，我會珍重自己，會……棄捐勿復道，努力加餐飯。」她淚光閃閃，笑容卻很美。「鶯鶯此生最大幸事，便是有他這個夫郎，若還有餘生，若還有來世，就換我對他好吧。」

拾娘鄭重點頭。「我定然一字不漏地轉告程六郎。」

「——多謝恩人。」鶯鶯優雅莊重地斂容肅衣，恭恭敬敬地伏地對她行了一個大禮。

拾娘伸手想攔阻，後來還是輕輕嘆了口氣。

但願鶯鶯和程六郎夫妻，還有餘生往後，也希望裴侍郎所說的，明年秋斬之前，或有奇蹟……是眞有奇蹟。

番外二

常伯的舖子裡，長年洋溢著濃醇辛辣的羊肉香氣……

可今日那慣常滿座的三、四桌矮案氈席，卻極罕見地空無一人。

剛剛破了張生一案卻絲毫歡喜不起來的拾娘，心情沉甸甸地推門而入，隨口就喊道——

「常伯，勞煩給我來上六斤羊肉一疊子烤胡餅，再拿兩頭大蒜，打三斤燒刀子！」她今兒要好好吃喝上一頓，一舒心頭鬱悶不快。

拾娘自個兒熟門熟路地找了靠窗的矮案盤腿坐下，卻沒聽見常伯熱情的吆喝應答聲，不由疑惑抬眼……

常伯呆呆地站在那一大口沸騰的羊肉鍋子前，手裡拿著大杓，一副失魂落魄的模樣。

她心下微微一動，「常伯？」

「……嗯？欸！」常伯回過神來，忙招呼道：「拾娘幾時來的？」

「剛來。」她眼露關懷，「常伯可有事？」

常伯哆嗦了一下，想也不想地猛搖頭。「無事無事。」

拾娘看出他的不自然，可終究也不好多管閒事，只提醒道：「蒲州是有官府的。」

常伯瞬間像是被這句話戳中了什麼心酸處，委屈巴巴地道。「可……可官府也不負責抓鬼啊！」

「抓鬼？」她一臉古怪。「什麼鬼？哪裡有鬼？」

常伯擱下了大杓，磨磨蹭蹭地來到了拾娘跟前蹲了下來，左右四下不安地張望，愁眉苦臉小小聲地湊近道：「我這羊湯舖子，鬧鬼了。」

拾娘眨眨眼——啥？

「唉，是前天晚上鬧出來的，不少人都瞧見了的……」常伯佈滿粗繭的老手在自己臉上胡亂擦了擦，有些驚魂甫定，又有些茫然發懵。「……要不怎麼現如今都沒半個熟客敢來？旁的不說，可憐今兒這鍋羊湯就得糟踏了。」

她眯起眼睛，肅容道：「常伯您說仔細些，前晚究竟發生什麼事了？」

常伯吞了口口水，看著窗外亮晃晃的大日頭。

現下是日正中午，彷彿昨夜的鬼影幢幢，此時此刻都被金烏陽光逼退隱沒了……

他這才鼓起勇氣搓搓手臂上冒出的雞皮疙瘩，細說從頭——

前兒入夜不久，四桌矮案上一如平常那樣坐滿了客人，每桌都有香氣四溢的羊肉鍋子。

羊雜羊肉和熬得透白的大塊蘿蔔，一同在湯裡翻滾著，胡椒、肉豆蔻等等各種香料在湯裡載浮載沉，再撒上大把鮮綠的芫荽……

一時間山珍和羊鮮香氣蕩漾，人人喝得滿頭汗，大呼過癮。

就在這時，忽然不知何處冒出了一聲驚恐大喊——

「羊妖！有羊妖——」

其他桌客人都被突如其來的意外驚變給嚇住了，紛紛停下了手上的筷子，愕然地四下張望，都在找那聲尖叫究竟打哪兒跑出來的。

常伯也正撈出了一大塊燉得香爛的羊肉剁著，聞聲差點剁掉了自己的手指頭。

——誰啊？少見多怪的瞎嚷嚷什麼？

羊腰不好嗎？大補啊，羊腰可補腎呢！

常伯把刀往砧板上一插，正想捲袖子找出到底是哪個客人喝多了馬尿，在這兒鬼吼鬼叫，擾人興致。

可沒成想，下一刻被驚動了的客人們竟開始無緣無故身子搖晃，或氣短昏沉，或癲狂亂叫起來。

「娘喂……我這碗羊肉也成妖了……」

「不不不，是牆、牆壁融化了……」

「救命啊……有鬼，鬼來了……」

「不要殺我……」

他們有的甚至抱著頭在地上打滾，有的則是搗著心口，滿屋子亂爬……

「有鬼！有鬼！」

「不要吃我！嗚嗚嗚——」

常伯被所有客人嚇得渾身寒毛直豎，他驚慌地扶起其中一人，還不忘使眼色讓跑堂也幫幫忙，但跑堂卻直勾勾地瞪著他……猛然顫抖朝他鼻頭指來，慘叫一聲！

「大頭鬼！有大頭鬼啊啊啊啊！」

「……」常伯臉都黑了。

——臭小子罵誰大頭鬼呢？

常伯被罵得莫名其妙，可此時也顧不得了，慌得左攔一個右攔一個，可是哪裡攔得住？

很快地，跑堂的率先一疊連聲嚷嚷著「有鬼有妖怪」的奪門而出！

其它鬧哄哄的客人們頓時也像是被提醒了般，強撐著最後一絲清明，邊噁心欲吐，邊搖搖晃晃，就這樣跟在他身後跌跌撞撞、你推我擠地逃了出去，連錢都沒付……

常伯暈忽忽地跌坐在地，倉皇無助地環顧著店內一片狼跡。

……明明方才還是賓客盈門，四周溫暖舒適、肉香撲鼻，可此時此刻，連油燭燈火都被門戶大開颮進來的寒風吹熄了大半，無邊無盡的黑夜和張牙舞爪的恐懼如附骨之蛆般纏繞上來……

風一吹，窗戶轟地一拍——

砰！

「鬼啊……」常伯暈了過去。

如今回想起來，常伯還在發抖。

拾娘聽完，冷豔臉龐也有一絲發白，但想了想還是搖搖頭。「有古怪。」

「不是有古怪，是有鬼怪……」常伯都快哭出來了。

「若說當眞有鬼，那前兒才鬧出，您今日怎還敢開門賣羊肉？」她反問。「您不怕鬼嗎？」

常伯苦笑。「怕……怎麼不怕？可我一家老小就指著這攤子買賣活日子，颳風下雨打雷都不能停的，要停了買賣，難道一家子喝西北風去？」

她蹙眉。

常伯愁容滿面，吞吞吐吐。「唉，我這不是僥倖想著，白天興許還能賣上一賣，至多……至多我日落前收拾收拾趕緊回家也就是了。」

他雖怕鬼，但更怕窮呀。

舖子生意雖好，但一年到頭全家人吃穿嚼用，還得繳商稅丁口稅……連小孫孫私塾束脩也少不了錢。

他賣了一輩子的羊湯不嫌苦不覺累，除了保闔家溫飽外，就是想家裡也能供出個讀書人來，好給祖宗們揚眉吐氣。

可誰知……

常伯不爭氣地悄悄擤了擤鼻涕。

拾娘在蒲州這些年，自然沒少上常伯鋪子來祭五臟廟，也聽說過常伯家計沉重，兒子早年上戰場時失了性命，媳婦便拋下兩個孩子轉頭改嫁了。

幸虧常伯性子爽直堅韌，不怨天尤人，沒被風霜變故打垮，依舊是樂天知命，靠著一手好庖廚工夫在蒲州站穩了腳步，活成了老饕客們口中的『蒲州羊一絕』。

她見常伯黯然卻又強打精神的模樣，不由心頭一酸，想安慰老人，卻又不知從何安慰起。

打打殺殺什麼的她在行，但若說要靠一張嘴就能安撫人心或翻雲覆雨（？）——感覺應該是某位裴姓侍郎的強項。

——咳。

她抿了抿唇，只能乾巴巴地安慰。「不怕，我在這裡，我比鬼兇。」

「剋？」常伯一呆。

「杜子今日怎地沒來上工？」

杜子便是常伯雇了幾年的跑堂，最是勤快老實，就算那天被「鬼」嚇狠了，過後也不該忍心讓常伯自己一個人孤零零地開店不管的。

常伯愣了一下，嘆了口氣。「喔，柱子幾天前回家路上摔進了山溝子裡，不小心摔斷腿了。」

「所以那天晚上跑堂的，不是柱子？」她心中一動。

「不是柱子，是個新來的年輕人叫羌子，也是柱子他們村的，柱子摔斷了腿，還是他幫忙救出來，幫忙報信的呢，」常伯感慨道：「羌子知道柱子出事上不了工，便自告奮勇來鋪子裡幹活兒，手腳也是極俐落。」

拾娘摩娑著下巴，眼含思索之色。

「唉，造孽啊，先是柱子斷了腿，然後羌子好好一個孩子，被鬼嚇得高燒了一整夜，」常伯心裡也很是歉然。「我昨日一早去看他，他還躺在床上直打哆嗦呢！」

常伯覺得自己是不是當眞流年不利，招了什麼煞……

「高燒了一整夜，可看過大夫？大夫怎麼說？」

常伯回過神來，點頭道。「應當是請了大夫的，我一進屋便聞到了濃濃的湯藥味兒，唉，瞧這事給鬧的……」

拾娘問。「羌子在村子風評如何？平常是幹什麼的？家裡就只有他一個，還是還有旁人？」

常伯一怔，遲疑道：「我與他並不相熟，那日去他家探望，他家就他一個人，沒見著旁人，但他和柱子是同村的，他還熱心腸地救了柱子，怎麼也不會是個壞的吧？」

「人心難測。」拾娘認真地道。

「可我一家小小羊湯舖子，又有什麼好值得人惦記的？」常伯撓了撓頭，不解。

難道圖來這裡幹活兒，喝湯不用錢？

拾娘也在想這個問題，她又問。「常伯，當天晚上那些撞鬼的客人呢？你可知他們後來如何了？」

他嘆氣。「都是些熟客老客，又是在我店裡出的事，我心裡怎麼過得去？昨兒便包了些紅封，到觀裡求了好些平安符，一一上門賠禮，他們雖然嘴上都說不怪我，可往後看著是不敢再來鋪子裡吃羊肉鍋子了。」

常伯說著說著開始擦眼淚，好不可憐。

「那些熟客們也高燒了嗎？身上可有其他症候？請了大夫看過沒有？」

常伯一愣，努力回想了想，囁嚅道：「這……他們都說，第二天是昏昏沉沉醒來的，醒來後還心頭砰砰跳著，噁心想吐，有點瀉肚子，但都隱隱記得自己撞鬼了，還有說看見妖怪要吃人的……我在他們家中沒怎麼聞到藥味兒，不過家家都燒著香，請了神婆來跳過大神，大門窗戶上還貼滿了符紙。」

這一番雞飛狗跳的，連他們的左鄰右舍都知道，他老常家的羊湯鋪子鬧鬼……

常伯又想哭了。

拾娘皺眉。「他們都說見了鬼怪，可您前晚人也在，您見著了嗎？」

常伯聞言臉色蒼白，嘓嘟又吞了口口水。「我，我沒瞧見……可即便沒瞧見，但所有人都撞鬼了，那肯定是真有鬼了。」

拾娘正要開口，門口忽然有個高眺修長清貴男子款款而入——

「……不，聽著不是撞鬼，倒像是中毒了。」

「裴侍郎？」她一愣。

「大人？」常伯認出了是那日和拾娘來的那位「貴人」。

裴行貞身穿月牙袍子，玉帶束腰，越發襯顯出一派蘊藉風雅來，先是和他們二人執手一禮，隨即氣定神閒地在拾娘面前坐下，微微笑了。

「拾娘好狠的心腸，吃鍋子怎不相約？」他輕嘆。

拾娘覺得自己耳朵燙燙的，但拳頭卻沒來由地有些發癢。

「裴大人怎麼來了？」她以爲他這幾日還在寫張生案後續的公文。

他一笑。「來喝羊肉湯，順道查一查案。」

「查、查案？查誰？查我嗎？」常伯腦子嗡地一聲，撲通跪倒在地。「冤枉啊大人，小老兒沒幹壞事呀！」

拾娘看向裴行貞。

「大人剛剛說的，是指當夜那些客人不是中邪，而是中毒？」

裴行眞還未來得及開口，常伯已經打著顫兒，一把鼻涕一把眼淚喊冤——

「……不是不是，小老兒怎麼可能會下毒呢？小老兒在本地賣了幾十年羊湯了，好端端的作甚下毒害人呢？求大人明察……」

裴行眞親自攙扶起了常伯，親切道：「老人家誤會了，本官說的是『中毒』，而非指你下了毒。」

常伯一臉驚魂未卜。

裴行眞寬慰道：「即便是有人蓄意下毒……羊湯舖子是你常家安身立命之所，按常理推斷，你便是想害人，也不會選擇這等把自己跟舖子都一齊搭了進去的笨法子。」

拾娘眉心動了一動。

他的話果然讓常伯心下大定，連連點頭稱是，邊抹眼淚抽噎。「大人說得對，大人就是大人，說得眞有道理啊，如此小老兒這就放心了。」

「既是可能中毒，大人覺著那些人是中了什麼毒？」拾娘追問。

「……火麻、鬧羊花、莨菪等等藥草均能令人致幻，若劑量拿捏得恰到好處，輕者可叫人自以爲通神見鬼，且有顛亂狂走之態，重者甚至能致人於死地。」裴行眞道。

常伯嚇了一大跳。「不不不，小老兒燉的羊湯裡沒有那些毒物——」

「也許有人趁您不注意時，將之投入湯鍋之中，所以才會讓不同桌分食的客人們，生出了同樣的癲狂見鬼幻像？」拾娘追問。

常伯還是覺得不大可能，猶豫地道：「小老兒雖然年紀大了，但對於氣味很是敏感，我熬了大半輩子的羊湯，若湯裡出現什麼不該有的東西，我一聞便知。」

「前日那鍋湯和剩餘的東西，常伯可都清理了？」裴行眞問。

「殘羹剩餚自然都倒進泔水桶子，讓附近的農家收去餵豬了。」常伯可心疼了，那些都是上好的羊肉羊雜呀！

「——玄符，去打聽打聽那些吃了泔水的豬可有異狀？」裴行眞白皙如玉的指節輕輕在矮案上敲了敲，略微揚聲道：「還有，請大夫到那夜吃了羊湯鍋子後見鬼的客人家裡，把把脈……常伯，有勞你把那些人住哪兒，都有誰，說上一說。」

「喏！」守在門外高大剽悍的玄符大步進來，拱手領命。

「噯，噯。」常伯被這人高馬大的護衛一驚，定了定神，忙一一說了。

玄符點點頭，隨即步履迅捷消失而去。

常伯長長嘆了一口氣，越想越不安。「大人，難道……當眞是小老兒的羊湯惹的禍？」

「十有八九，鬧鬼一事出在羊湯上。」他溫和地道。

常伯又是擔心又是驚慌，可更多的是沮喪。

他掌了那麼多年大杓，還從沒讓客人受過這樣的大罪……

「先把事情查清楚再說。」裴行眞微笑望向拾娘。「——拾娘怎麼看？是否心中也已有疑心之人了？」

「方才聽常伯描述當日情景，最爲可疑的自然是那個突然冒出來的羌子。」拾娘坦白道：「——巧合太多，就不是巧合了。」

裴行眞對滿臉愣然的常伯道：「常伯仔細想想，在前夜事發之前，你可有遇過什麼和往常不一樣的人或者事情？」

常伯一頭霧水，吶吶。「和往常不一樣的……也沒什麼，哦，對了，富貴樓的王掌櫃半個月前曾提起，想買我家羊肉湯方子，這……算嗎？」

裴行眞和拾娘閃電般交換了個眼神——

「算！」

「你沒賣？」

常伯愣愣點頭。「是呀，哪裡能賣？小老兒還得靠這祖傳的羊肉湯方子養家活口呢！」

「那王掌櫃被拒之後呢？」裴行眞問。「面上可有不快？他後續可還有糾纏此事？」

「小老兒拒了他，他自然不高興，可富貴樓是咱們蒲州一等一的大酒樓，好酒好菜多了去了，我區區一家羊湯舖子，在人家眼裡值個什麼？」常伯不好意思地抓抓臉。「我也不是哪個牌面上的人物……」

拾娘可就不同意了。「您家的羊湯鍋子滋味與眾不同，更是蒲州老字號了，若是方子遭人覬覦，也屬正常。」

「那不能夠，不能夠。」常伯謙虛直擺手。「都是老客們捧場。」

裴行真笑吟吟望向她。「拾娘是蒲州司法參軍，想來定然清楚富貴樓王掌櫃此人來頭？」

她心下一怦，有絲不自在地反問：「裴大人又怎知我會知道？」

「拾娘克盡職守，明察秋毫，對於治下所有能擺上檯面的人物，又怎會不查清楚底細？」他看著她，目光溫柔。

拾娘耳朵發紅，可更有一拳把他雙眼砸黑的衝動——說事就說事，一副眼含秋水、春意蕩漾的是想幹啥呢？

噫，長安來的名門貴公子就他娘的不矜持！

不過心裡彆扭歸彆扭，她還是從腦子裡調閱出了關於富貴樓王掌櫃的身家背景戶冊信息，開口道——

「掌櫃王承五年前自幽州遷居至蒲州，前主家為幽州刺史，後來主家犯了事，一眾部曲奴婢或發賣或離散，王承的岳父是刺史府上的一名大廚，他們一家人就到蒲州開了店子，因著手藝好，生意興隆，便有了今日的富貴樓。」

常伯滿眼佩服地看著拾娘。

「拾娘好生厲害。」裴行眞笑得眉眼彎彎。

她卻是默默扭過頭去……眼不見為淨，眼不見為淨。

「想是富貴樓近日出了什麼變故，王承便把念頭動到常伯的羊湯方子上來了？」裴行眞再問。

常伯呀地一聲。「大人怎麼知道的？小老兒是聽人說起，富貴樓原來的大廚幾個月前病故了……可，大廚帶出來的幾個徒弟手藝也不錯，富貴樓有他們頂著，沒有問題的呀！」

拾娘這幾個月告假，近日也是因著張生案才銷假回到蒲州，一回來便投入張生案中，對於大街小巷坊間消息，她自是沒有常伯的熟悉。

「我讓衙役去打聽打聽就知道了。」她就要起身。

裴行眞修長大手按住她的肩頭，對門外吩咐一聲。「——玄機，去打聽此事，順道讓人分頭看好了王掌櫃和羌子，別打草驚蛇！」

「諾！」

拾娘搓搓眉心——可惡，早知道她要出門前也帶上一票衙役當爪牙……咳，了。

「我也去看看。」她還是拳頭發癢，想跟著去實地追查。

「不用，讓他們去鬆快鬆快筋骨也好。」裴行眞淺淺一笑，「鬧鬼一事雖非大案，但幕後之人若當眞爲了一己之私，構陷他人，還險些致人中毒身亡，那就不是小事了。」

常伯憂心忡忡，叨叨絮絮。「怎麼會這樣呢？不過就是一個羊湯方子，何至於鬧成這樣？」

在勤奮善良敦厚的老人家心裡，不過一點子小事就差點要搞出人命……這是爲啥呀？

常伯唉聲嘆氣，他雖然已經熬好了一大鍋羊雜羊肉湯，但此時此刻在事件沒有水落石出前，哪裡敢賣？

香噴噴的羊湯依然在炭火和大鍋上翻騰沸滾，拾娘肚子餓得咕咕叫，可任憑她再怎麼跟常伯保證，常伯都把頭搖得跟波浪鼓似的，直說「不行不行，現在還不能喝，小老兒不能再害人了」。

拾娘只能和坐在對面，悠然自得喝茶的裴行眞大眼瞪小眼……

直到玄符和玄機來報進展！

果然，吃了泔水桶那些羊湯殘羹的豬們都瘋跑了一夜，一隻隻不是撞牆的就是口吐白沫，還有滿地滾來滾去，隔天都累得奄奄一息。

甚至還不幸撞死了兩頭特別興奮的……

大夫把脈過後，發現那些客人除心悸暈眩外，都曾輕微滑腸瀉洩，按症候看，疑似服下了煨用過量的肉豆蔻導致。

可羌子口口聲聲喊著妖怪、見鬼了，但他經過號脈後，卻是身強體壯，沒有絲毫相同症狀。

且據查富貴樓中的庖廚們因爲不滿王掌櫃寵妾滅妻，所以集體辭工，幫著師傅的女兒另起爐灶，開了間花開樓……處處和富貴樓打擂台。

富貴樓經此一役，客人都跑了，王掌櫃正焦頭爛額，偶然聽愛妾的兄長羌子無意間提起，他同村柱子在常家羊湯舖子多年，天天忙得腳不沾地，生意好的不得了……

於是兩個心懷不軌的壞胚子湊在了一處，便把念頭打到常伯舖子來了。

所以才有羌子在柱子回村路上搗了鬼，害柱子掉進溝裡摔斷腿，然後又假意代柱子到常伯羊湯舖子幫工，趁常伯不注意時，將大量肉豆蔻扔進大口湯鍋裡。

每桌客人上的羊肉鍋子都是取自大口湯鍋，自然所有人都中了招。

肉豆蔻致幻，時值入夜，羌子利用大家酒酣耳熱之際突然淒厲地喊了那一嗓子，本就中肉豆蔻之毒的客人們瞬間也被誘發了，癲亂成一團……

王掌櫃和羌子還想著憑著這次鬧鬼，壞了常伯的買賣，就能藉機逼迫常伯賣了祖傳羊湯方子，富貴樓就有起死回生的機會。

只能說人性一貪婪起來，什麼鬼東西都想得出。

人心，才會生出最大的鬼……

玄符和玄機是戰場上屍身血海裡闖出來的，手中的刀才剛剛拔出，還沒架到王掌櫃和柱子的脖子上，兩個慫貨軟蛋就嚇得跪下來一五一十全部吐了個明明白白。

拾娘聽完了後，好半晌無言以對，最後揉揉鼻梁——

「真蠢。」

裴行真輕輕一笑，面色愉悅地對聽得目瞪口呆的常伯道：「所以你們是經受了一場無妄之災，且放心，會讓他們付出應有的補償和代價的。」

「多謝裴大人，多謝拾娘，」常伯感激連連，「如此小老兒洗脫嫌疑，也總算能放心了。」

「常伯，那今日能吃羊湯鍋子了嗎？」拾娘偷偷摸了摸自己餓癟的小肚子。

「能能能，今兒羊雜羊肉羊鍋子胡餅管飽，小老兒請客！」常伯傷感盡去，立時恢復一貫地豪爽歡快，笑呵呵地跑回大鍋前，抓起大杓振臂一呼。

拾娘眉開眼笑。「吃吃吃！」

裴行真啜飲茶的動作一頓，清俊眉宇間也跟著漾開了笑意……

呀，真可愛。

番外三

裴行眞身著月牙色長袍，腰繫紫帶，烏髮梳綰成髻，束以玉冠，面容英俊笑意淺淺，端是郎艷獨絕……

美色當前，明明穿著一身胡服好像隨是要去打架的拾娘，還是有那麼一瞬間看傻了眼的。

拾娘眨眨眼，再眨眨眼，下意識摀著砰砰跳的心口，總覺得這般滋味很是陌生。

有種激動……熱血沸騰……像是看到了漂亮的獵物在自己面前奔馳而過……想吃……

她手掌熟悉老練地順著心口往下溜，直到搭在平坦的肚皮上，感覺到幾聲腹鳴，拾娘才頓時舒坦地長長吁了一口氣——

喔，原來是肚子餓了。

「拾娘，聽說這棲月縣有座繁樓，樓高疏廣，坐在上頭賞起月色來分外地美。」裴行眞目光含笑，「我們趕路了好幾日，錯過了好些宿頭，總在荒郊野嶺燒火烤野味，今日難得入了縣城，正該好好休憩賞玩一番。」

拾娘本來想駁一句——最好看的月亮在大漠呢！

但見他眉宇飛揚興致濃厚，不知怎地，她又不大忍心潑他冷水，讓他熠熠生光的眸子因失望而染上黯然之色。

罷了，難得他一個長安高官名門貴公子跟著她一路走山路，摸爬滾打搞得灰頭土臉，就爲配合她素來愛抄捷徑、縮短路程的習慣，絲毫不叫苦也不抱怨。

眼下人家想要風雅一下，她若搖頭說不，那也太不是人了吧！

「好。」

裴行眞聞言大喜。「當眞？」

「嗯。」她點頭。

「那既然要去繁樓賞月，拾娘可想換件舒服些的衣裳？」裴行眞雙眸亮晶晶，興沖沖地示意她往旁邊那處小巧典麗的『彩衣閣』方向看。「妳喜歡的話，我送——」

容貌冷豔胡服粗獷的拾娘瞬間一僵。「——我穿這樣不好？」

「……」裴行眞乖乖安靜了幾息，立馬一本正經滿臉誠摯。「不，很好，很俊，很完美。」

「穿這樣不能去賞月？」她狐疑。

「穿這樣最適合賞月了。」他眼裡寫滿眞誠。

拾娘放心了，「喔，那走吧！」

裴行眞鬆了口氣，默默抹了把被自己蠢出來的冷汗。

險些叫自己搞砸了……還好，還好。

（裴氏手札・卷一　完）

國家圖書館出版品預行編目資料

破唐案・裴氏手札・卷一：續鶯鶯記/雀頤作. -- 初版.
-- 臺北市：春光出版, 城邦文化事業股份有限公司出版：英屬蓋曼群島商家庭傳媒股份有限公司城邦分公司發行, 民112.05
冊；　公分. -- (奇幻愛情；92)
ISBN 978-626-7282-12-0 (平裝)

857.7　　112006754

破唐案・裴氏手札・卷一：續鶯鶯記

作　　者／雀頤
企劃選書人／王雪莉
責 任 編 輯／王雪莉、張婉玲

版權行政暨數位業務專員／陳玉鈴
資深版權專員／許儀盈
行 銷 企 劃／陳姿億
行銷業務經理／李振東
總　編　輯／王雪莉
發　行　人／何飛鵬
法 律 顧 問／元禾法律事務所　王子文律師
出　　版／春光出版
台北市 115 南港區昆陽街 16 號 4 樓
電話：(02) 2500-7008　傳真：(02) 2502-7676
部落格：http://stareast.pixnet.net/blog E-mail：stareast_service@cite.com.tw
發　　行／英屬蓋曼群島商家庭傳媒股份有限公司城邦分公司
台北市 115 南港區昆陽街 16 號 8 樓
書虫客服服務專線：(02) 2500-7718 / (02) 2500-7719
24小時傳真服務：(02) 2500-1990 / (02) 2500-1991
服務時間：週一至週五上午9:30～12:00，下午13:30～17:00
郵撥帳號：19863813　戶名：書虫股份有限公司
讀者服務信箱E-mail: service@readingclub.com.tw
歡迎光臨城邦讀書花園 網址：www.cite.com.tw
香港發行所／城邦（香港）出版集團有限公司
香港灣仔駱克道 193 號東超商業中心 1 樓
電話：(852) 2508-6231　傳真：(852) 2578-9337
E-mail : hkcite@biznetvigator.com
馬新發行所／城邦（馬新）出版集團【Cite (M) Sdn Bhd】
41, Jalan Radin Anum, Bandar Baru Sri Petaling,
57000 Kuala Lumpur, Malaysia.
Tel: (603) 90563833 Fax:(603) 90576622 E-mail:cite@cite.com.my

封 面 設 計／Aacy Pi
內 頁 排 版／邵麗如
印　　刷／高典印刷有限公司

■ 2023 年 5 月 30 日初版一刷
■ 2024 年 8 月 15 日初版2刷

Printed in Taiwan
城邦讀書花園
www.cite.com.tw

售價／380 元

ISBN　978-626-7282-12-0

書號：OF0092	書名：破唐案・裴氏手札・卷一：續鶯鶯記

請於此處用膠水黏貼

讀者回函卡

謝謝您購買我們出版的書籍！請費心填寫此回函卡，我們將不定期寄上城邦集團最新的出版訊息。亦可掃描 QR CODE，填寫電子版回函卡。

姓名：________________________

性別：□男 □女

生日：西元__________年__________月__________日

地址：________________________

聯絡電話：________________ 傳真：________________

E-mail：________________________

職業：□ 1. 學生 □ 2. 軍公教 □ 3. 服務 □ 4. 金融 □ 5. 製造 □ 6. 資訊
□ 7. 傳播 □ 8. 自由業 □ 9. 農漁牧 □ 10. 家管 □ 11. 退休
□ 12. 其他 ________________

您從何種方式得知本書消息？

□ 1. 書店 □ 2. 網路 □ 3. 報紙 □ 4. 雜誌 □ 5. 廣播 □ 6. 電視
□ 7. 親友推薦 □ 8. 其他 ________________

您通常以何種方式購書？

□ 1. 書店 □ 2. 網路 □ 3. 傳真訂購 □ 4. 郵局劃撥 □ 5. 其他 ______

您喜歡閱讀哪些類別的書籍？

□ 1. 財經商業 □ 2. 自然科學 □ 3. 歷史 □ 4. 法律 □ 5. 文學
□ 6. 休閒旅遊 □ 7. 小說 □ 8. 人物傳記 □ 9. 生活、勵志
□ 10. 其他 ________________

請於此處用膠水黏貼